G000058845

COLLECTION FOLIO

René Barjavel

La charrette bleue

Denoël

René Barjavel est né à Nyons, en Provence, en 1911. Il termine ses études au collège de Cusset, dans l'Allier, occupe et abandonne divers emplois puis entre au *Progrès de l'Allier,* à Moulins, où il apprend son métier de journaliste. Il rencontre l'éditeur Denoël qui l'engage comme chef de fabrication. C'est chez lui qu'après avoir fait la guerre dans les zouaves il publie en 1943 son premier roman, *Ravage,* qui précède la grande vogue de la science-fiction. Ce roman, qui a toujours été réimprimé, a dépassé un million d'exemplaires et est aujourd'hui étudié dans les lycées et collèges.

Barjavel a écrit depuis une vingtaine de livres, dont *La Nuit des temps, Les Chemins de Katmandou, Tarendol, La Faim du tigre, Les Dames à la Licorne* avec Olenka de Veer, etc., et collaboré en tant que dialoguiste à une vingtaine de films, dont la série des *Don Camillo.* Il se livre, quand il en a le temps, à une passion : la photographie en couleurs. Il est décédé en novembre 1985.

La rue Gambetta est déserte.

Il fait très chaud. C'est un après-midi d'été, l'heure où l'on reste chez soi, derrière les volets de bois plein, bien clos. Ma mère est debout, seule, au milieu de la rue. Elle s'est placée en plein soleil pour que je la voie bien, elle a le bras droit levé, elle tient quelque chose dans sa main et elle m'appelle :

— René! René!...

Je suis au bout de la rue, devant l'atelier d'Illy, le charron, avec des copains de mon âge et aussi quelques vieux qui ne veulent manquer aucune occasion de se distraire, et qui ne craignent pas de transpirer, parce que tant d'étés successifs leur ont depuis longtemps pompé toute l'eau du corps. Nous regardons Illy se livrer à une de ses opérations magiques. Sur un grand cercle de fer couché à terre il a entassé des copeaux et des morceaux de bois sec, déchets légers de son atelier, puis d'autres plus gros, et les a allumés en quatre endroits, en croix. Maintenant, une couronne de feu brûle sur le cercle. La morsure de la braise et des flammes l'oblige à grandir. Il s'étire, se dilate, s'ouvre encore. Il faut qu'il devienne aussi grand, plus grand que la roue de bois neuf qui l'attend, couchée à quelques pas de lui, et à laquelle il est destiné à s'unir. C'est une des deux roues de la charrette qu'Illy vient de fabriquer, en quelques mois de travail. Elle lui a été commandée par un fermier des Estangs.

Pour un paysan, acheter une charrette neuve est un événement. Le client d'Illy a dû réfléchir longtemps avant de se décider. Il va falloir la payer. Les paysans de Nyons ne sont pas pauvres. Ni riches. Ils vivent presque sans argent. Ils produisent tout ce qui est nécessaire aux besoins quotidiens. Ce qui s'achète doit durer. Les vêtements durent toute une vie. La charrette servira à celui qui l'a commandée et aussi à son fils et à son petit-fils. Du moins il le pense. Il ne peut pas imaginer la camionnette, le tracteur, et le cercle infernal de dettes dans lequel la mécanisation, la production forcée, vont jeter les prochaines générations de paysans. Son petit-fils aura de l'argent, mais plus il en gagnera plus il en empruntera. Lui ne doit rien. Jamais. Avoir des dettes est une honte. On économise sou par sou, année après année. Aux Estangs, il y a de la vigne. Une bonne vendange, qu'il a vendue, et une bonne saison de vers à soie, ont brusquement permis de compléter la somme nécessaire. Il a commandé la charrette...

Illy l'a fabriquée pièce par pièce, de ses mains. Il

a taillé le bois de chêne, forgé les pièces métalliques, assemblé peu à peu les morceaux. C'est son métier. Il fait aussi des portes, des rampes d'escaliers, des meubles. Mais la charrette est un monument. Terminée, elle occupe tout le devant de son atelier, posée sur de lourds tréteaux. Elle attend ses roues pour prendre vie. Elle est longue, basse, nue, couleur de miel. Elle sent bon, elle sent l'arbre. Ses deux longs brancards, puissants, entre lesquels sera emprisonnée la masse vivante du cheval, s'élancent au-devant d'elle comme pour lui ouvrir son chemin dans les savanes ou dans les vagues. Elle a l'air d'une galère qui va prendre la mer. Quand il lui aura donné ses roues, Illy la peindra

— René! René!...

J'entends mon nom crié par ma mère. Je me retourne, et je la vois, droite dans la lumière, le bras levé, vêtue de gris jusqu'aux chevilles. Il n'y a plus de couleurs sur les femmes, la guerre a mis le deuil partout.

Cette image immobile, en trois dimensions sculptées par le soleil, s'est gravée à tout jamais dans mes yeux. C'est le seul souvenir précis que je garde de ma mère bien portante. Des années plus tard j'ai su à quoi elle ressemblait : à la statue de la Liberté. Elle en a l'élan vers le haut, et la promesse, et l'équilibre. Avec, en plus, un rire radieux sur le visage tandis que je cours vers elle. J'arrive sans ralentir, je me jette sur elle, je me soulève, elle se baisse, elle m'embrasse, je l'embrasse, elle est heureuse, je suis bien, le soleil nous brûle...

Elle me donne ce qu'elle me montrait de loin, si haut dans sa main : c'est mon goûter, une tranche de pain et une demi-barre de chocolat.

Je repars en sautant et courant. Elle me crie :

— Fais attention de pas te tomber !...

En Provence, le verbe tomber est transitif. On dit « Je me suis tombé »..., « j'ai tombé mon mouchoir... » C'est normal.

Je réponds :

— Voui !...

Mon premier étonnement, lorsque j'avais appris à lire, avait été de constater que « oui » s'écrivait sans V. Mais je continuais de le prononcer. Majuscule...

Je commence à sucer le chocolat. Le pain, on verra après... C'est du chocolat lourd, en grosses barres, sec, sablonneux sous la dent. Même la chaleur d'août ne parvient pas à le ramollir. Pour ma mère, ce chocolat bon marché, c'est l'image du luxe, qu'elle est heureuse de pouvoir m'offrir. L'argent ne lui manque pas, la boulangerie va bien, mon père, de retour de la guerre, a recommencé à faire le meilleur et le plus beau pain du monde, et elle ne m'a jamais refusé ce qu'il me fallait pour les illustrés ou les livres dans lesquels je me plonge pendant des heures. Mais elle est fille de paysan, et le chocolat a gardé pour elle le prestige de la nourriture rare, non nécessaire, qu'il faut acheter, alors que la nourriture dont on se nourrit tous les jours, on la fait pousser, elle ne coûte que du travail. Pendant son enfance, elle n'a mangé du chocolat que pour les grandes fêtes, Noël, Pâques, ou son anniversaire. Et moi j'en mange tous les jours. Elle est heureuse...

L'ai-je assez embrassée, assez aimée pendant qu'il était temps ? Non. Sûrement pas. J'étais un enfant insouciant, elle était ma mère, et ma mère était là pour l'éternité. Mais, très peu de temps après cette image immobile, la maladie l'a frappée comme la foudre, une maladie abominable qui, avant de la tuer, l'a interminablement torturée et transformée en quelqu'un, presque en quelque chose, qui me faisait peur. Elle avait quarante et un ans quand elle est morte. Elle s'était mariée à seize ans.

Avec de longues pinces coudées, Illy et son fils saisissent le grand cercle surchauffé, l'arrachent aux braises, et le portent au-dessus de la roue couchée. Ils l'abaissent jusqu'à son contact, le lâchent, Illy l'ajuste rapidement à coups d'une lourde masse. La roue s'enflamme. Illy l'arrose, arrose le cercle, qui se contracte et serre la roue dans son muscle de fer. La roue craque, l'eau siffle, un nuage de vapeur monte et se dissipe dans l'air de l'été. La noce de feu est finie. Le couple est joint pour la vie. L'air de l'après-midi a une odeur d'incendie.

Les petits vieux s'en vont, en causant, à petits pas, à petits mots, jusqu'à la terrasse du café de la Lucie, juste à côté, s'asseoir à l'ombre. Je rentre à la maison précédé par Friquet, mon chien, un fox-terrier blanc et noir, qui poursuit une poule rousse. Elle a l'habitude, elle le connaît, il est à peine plus gros qu'elle, elle n'a pas peur, elle court par conviction, elle l'insulte en battant des ailes. « Tu ne pourrais pas trouver un autre jeu, crétin à poils ? » C'est la poule de Mme Girard qui habite au premier étage à côté de chez nous. Mme Girard passe ses journées derrière ses volets entrouverts, elle guette, elle regarde la rue, c'est son théâtre, elle surveille sa poule, elle me surveille aussi, elle m'aime bien, elle a toujours peur qu'il ne m'arrive quelque chose. Parfois elle ouvre un de ses volets et me crie :

— Tu peux pas marcher, au lieu de courir, tout le temps ? Tu vas encore te tomber !...

Les rues ne sont pas asphaltées, mais empierrées. Quand on court, de temps en temps, on butte sur un caillou, et on part en vol plané, c'est fatal. Et sur cette chaussée râpeuse, on s'écorche les genoux et les paumes des mains. Quand cela arrive, Mme Girard ouvre ses deux volets et crie :

— Le René s'est tombé !...

Moi je hurle. Je ne bouge pas, j'attends qu'on vienne me ramasser. De la boulangerie jaillissent une femme ou deux, affolées, on se précipite, on me relève, on m'embrasse, on me console, on m'essuie le nez, on me lave, on me noue un mouchoir autour du genou. Mme Girard referme ses volets.

Tous les garçons du quartier ont grandi avec les genoux couronnés. J'étais un des moins blessés parce que des moins remuants. Je préférais lire.

Mon univers de lecture, tranquille, séparé du monde, je me l'étais aménagé dans la boutique — on disait le « magasin » — au-dessus des balles de son, au ras du plafond. Je ne pouvais m'y tenir qu'allongé, couché sur le ventre, le menton dans les mains, un livre sous les yeux. A quelques centimètres de ma tête, la glace verticale de la vitrine m'apportait la grande lumière de la rue. Je passais là des heures fabuleuses en compagnie de Jules Verne, Mayne Red et d'autres magiciens moins célèbres dont j'ai oublié les noms.

Parfois, en plein été, il pleuvait. De grands coups de tonnerre ébranlaient le monde, déchiraient le réel en lambeaux. La pluie énorme zébrait la vitrine, noyait la rue, un passant affolé courait en vain, transpercé par les lances d'eau, la rigole le long du trottoir devenait fleuve jaune hérissé de cyclones, une odeur de tropiques trempés se mêlait à la senteur douce et tiède des balles de son. Je me ratatinais de peur et de bonheur dans mon asile doré, je partais en voyage fantastique, la forêt vierge, Vénus, *Cinq Semaines en ballon*... Ma mère, brusquement inquiète, levait la tête vers le plafond, demandait :

— René, tu es là ?

Je soupirais :

— Voui...

Le jeudi, jour du marché, il arrivait souvent que mon asile fût démantelé : les paysans venaient acheter non seulement du pain par vingt ou trente, parfois quarante kilos à la fois, mais aussi du son, qu'ils utilisaient dans la pâtée des poules et des lapins. Mon grand-père en jetait aussi une poignée dans le seau d'eau qu'il donnait à boire à son cheval.

Il n'y avait pas d'abreuvoir dans sa ferme. L'eau était trop rare. C'était l'eau du puits qu'il avait creusé lui-même, avant de bâtir sa maison. Dans les grands étés, le puits était presque sec. Alors on allait chercher l'eau dans la Caverne. Obsédé par le besoin d'eau, le grand-père s'était enfoncé à coups de pic dans la montagne, droit devant lui à travers la roche et l'argile. Il avait creusé une amorce de tunnel, en cul-de-sac. Je me souviens de la première fois où j'y entrai. Je partais, mon broc à la main, en courant, comme toujours, quand ma grand-mère me rappela :

— Attends ! Viens ici !... Tu vas attraper le mal de la mort !...

Elle me posa sur les épaules son fichu, en tourna les deux pointes autour de ma taille et les noua derrière mon dos. C'était un fichu noir. Elle était en deuil de ses deux fils. L'un avait été tué à la guerre, l'autre s'était suicidé en Afrique, d'un coup de fusil, dans son régiment. Cette mort est restée enveloppée de mystère, on n'en parlait jamais dans la famille, je n'ai pas pu savoir quel désespoir avait armé le bras de ce garçon superbe. Ses camarades se sont cotisés pour lui faire ériger une pierre tombale avec une inscription qui disait leur estime et leur amitié. Le comptable de la compagnie a renvoyé à son père les quelques francs trouvés dans son paquetage, avec un dessin à la plume de la tombe qu'il avait fait lui-même, et ses regrets.

J'ai traversé en courant le verger d'oliviers, brûlé de soleil et de chants de cigales. A l'autre bout s'amorce la colline et là, comme dans un pli de l'aine, poussent un peu d'herbe fraîche et quelques buissons. C'est ce signe d'humidité qui a indiqué au grand-père où il devait creuser. L'entrée de la caverne est comme un œil noir dans un visage fauve. Avec des cils verts.

Dès que je la franchis je frissonne. L'intérieur de la chair de la terre est froid. Au bout de deux pas je suis glacé de silence. Le chant des cigales est resté dehors avec la chaleur. J'avance avec précaution, avec respect. Le sol est mou sous mes pieds. Le jour est lui aussi resté à l'extérieur. La pénombre devient ombre. Aux parois poussent quelques touffes de capillaire. Je sais ce que c'est, j'en ai trouvé une feuille chez mon oncle, aux Rieux, entre deux pages d'un livre : *Les Aventures du chevalier de Pardaillan*. Mais je n'avais jamais rencontré cette plante vivante. Elle ne se montre pas au grand jour. Il faut aller à sa découverte dans les replis cachés de la terre.

Je m'arrête brusquement. L'eau est là, si transparente que je ne l'ai pas vue, et j'ai mis le pied dedans. La nappe est peu profonde. Pour emplir mon broc je suis obligé de le coucher. La caverne continue au-dessus de l'eau et disparaît dans le noir. L'eau arrive à travers les roches, on ne sait comment, elle ne coule pas, il n'y a pas de source, on n'entend même pas une goutte tomber du plafond. C'est le sang rare de ce pays sec qui exsude dans la plaie que la main de l'homme lui a faite. Il faut le respecter, ne pas le gaspiller, surtout ne pas le salir.

Ma grand-mère m'a bien recommandé de ne pas boire dans la grotte. L'eau est trop froide, trop minérale, pas humaine. Il faut attendre qu'elle se soit familiarisée avec notre monde. Ma grand-mère est une petite femme menue et vive comme une fourmi. Comme une fourmi, elle a travaillé pendant toutes les minutes de toute sa vie, sans s'arrêter, sauf pour dormir. Elle soulève le broc à deux mains et le vide dans le seau posé à l'intérieur de la cuisine sur le rebord de la fenêtre. Là, l'eau voit la lumière et se met à la température des hommes. Une louche est accrochée au seau, un verre posé près de lui. Quand on a soif, on prend avec la louche juste ce qu'il faut pour la soif, et on le vide dans le verre. Pas une goutte gaspillée. C'est ainsi qu'on boit l'eau précieuse.

La ferme du grand-père, la Grange, comme on l'appelait, est aujourd'hui la propriété d'un de ses arrière-petits-fils, qui porte le même prénom que lui : Paul. Quand il en a pris possession, elle était presque en ruine. Avec le même goût, la même obstination que son aïeul, du travail de ses propres mains il l'a restaurée et embellie. Les temps ont changé : il a l'eau courante.

Au puits ou à la caverne, on n'allait pas chercher l'eau avec une cruche. La cruche c'est du folklore à l'usage des petits Parisiens à l'école. C'est fragile, c'est lourd, ça s'ébrèche, ça se casse, et alors il faut la remplacer. On a des seaux et des brocs en fer-blanc. Inusables. Quand la rouille y fait un trou, ça se bouche, avec de la soudure. Une fois par an passe le rétameur, avec son âne que tout son fourniment rend bossu. Il s'installe en plein air, place de la République, sous un marronnier. Il allume son feu entre des briques, met son étain à fondre dans son grand chaudron noir. Les ménagères en robe noire ou grise lui apportent leurs brocs troués, les fai-touts, les bassines, et les couverts de fer à rétamer, et les grandes casseroles en cuivre, pour les confi-tures.

Et nous sommes de nouveau là, les gamins, en cercle autour du feu, dans le soir qui tombe. Le rétameur, un vieil homme à la barbe grise et jaune, assis contre le tronc du marronnier, frotte son fer à souder sur une pierre transparente, qui fume. Puis il l'applique sur la barre de soudure, au cul d'une bassine. Le métal, qui était dur et gris, tout à coup fond et coule, brillant comme la lune. C'est la magie.

Le chien du rétameur a la même couleur que la barbe de son maître. Il dort en rond, à côté de lui. Il est maigre. Son maître aussi. Ce n'est pas un métier qui permet de s'offrir de grosses nourritures. L'âne, lui, a la chance de cueillir sa pitance le long des chemins.

Il fait presque nuit. Les mères vont nous appeler pour le souper. Un lac d'étain luit dans le chaudron noir. Au bout d'une pince, le rétameur y plonge une vieille fourchette, une passoire, une louche grisâtre, les en ressort transfigurées en robe d'argent neuf. Ça sent l'acide et le feu et le métal à vif. Un marron tombe du haut du marronnier, d'une branche à

17

l'autre, toc, toc, jusqu'aux feuilles mortes. A l'autre bout de la place, un autre ambulant a installé son feu. C'est le maître de l'alambic. Il distille la lavande qu'on lui apporte. Elle embaume tout le quartier.

Il n'existe pas encore de champs de lavande cultivée. Elle pousse en liberté, sauvage, au-dessus de Nyons, sur la joue rocheuse du Dévès, ou plus loin dans la montagne, du côté de Sainte-Jalle et de Tarendol, sur le mont Charamélet, parmi les touffes de buis nain, les genévriers, le thym, les églantiers rampants. C'est là qu'il faut aller la cueillir. Des hommes organisent des équipes de femmes et de gamins, qui cueillent toute la journée, courbés, en plein soleil. C'est long et pénible, mais on est content d'être là, quand on se relève on voit un horizon qui n'en finit plus, plein de dos pelés de montagnes, sous un ciel qui éclate de bleu. Et il y a toujours une cueilleuse en train de chanter. Chaque famille possède un cahier de chansons, précieux, dans l'armoire ou dans un tiroir. On y copie les chansons anciennes, on y ajoute les nouvelles, on y dessine des fleurs et des arabesques aux crayons de couleur. On se l'emprunte d'une famille à l'autre :

— Ah! celle-là, moi je l'ai pas... Je te la copie! Tu me la chanteras?

— Voui...

Les femmes chantent à la maison, à la cour et au jardin, les hommes chantent dans les champs et à l'atelier. Le transistor les a fait taire. Aujourd'hui

18

c'est la ferraille qui chante dans tous les chantiers. A
l'homme, il ne reste que la ressource de grogner.

Cueillir la lavande n'est pas sans danger : sur ces
pentes surchauffées vit une petite vipère terrible ·
l'aspic. Elle se cache dans les cailloux et les herbes
sèches dont elle a la couleur, et mord la main ou la
cheville qui la bouscule. On dit même qu'elle peut
sauter et mordre au nez le visage penché vers le
plant de lavande.

Le chef d'équipe a toujours une seringue dans sa
musette, entre la saucisse et le fromage. Il fait une
piqûre. On ne meurt pas.

La place de la République, on l'appelait aussi
l'Ancien-Cimetière. Le cimetière avait déménagé
depuis bien longtemps. Les jeunes marronniers
plantés sur les vieux morts étaient devenus de vieux
arbres. Le nouveau cimetière s'étendait derrière la
gare, à Chante-Merle. Dans sa moitié droite on
enterait les catholiques, dans sa moitié gauche les
protestants. Je me demandais si le paradis était aussi
divisé en deux. A la réflexion, certainement pas : les
catholiques pensaient qu'aucun protestant n'entrait
au paradis, et les protestants pensaient la même
chose des catholiques. Le paradis devait être vide...

Mon père était catholique, ma mère protestante.
Leur union constituait un des cas, encore rares, de
mariages mixtes. Il s'était fait sans histoires, dans
des circonstances que je raconterai plus loin, mais
mon grand-père maternel, Paul Paget, le grand
paysan protestant sévère et droit, tout en accordant
à mon père son estime à cause de ses qualités

d'ouvrier, le considéra toujours comme un étranger qu'il avait bien voulu accepter dans sa famille. C'était un peu comme si sa fille, qu'il aimait tant, avait eu le caprice d'épouser un Zoulou. Il regrettait certainement son premier mari qui, lui, était un homme normal, c'est-à-dire un protestant.

C'était aussi un boulanger. Il se nommait Émile Achard. Il s'était établi très jeune, dans une boulangerie minuscule rue Jean-Pierre-André. Une maison mince qui ne comportait par étage que deux pièces, l'une derrière l'autre, et que perçait un escalier serré comme un tire-bouchon. Les pièces s'ouvraient directement sur les marches, sans palier, pour gagner de la place. En bas, juste le magasin et le fournil. Au premier étage, la chambre et une cuisine, avec un fourneau et une table pour manger. Et encore une ou deux chambres au-dessus, accrochées ci et là à l'escalier qui grimpait.

La maison devait dater au moins du XVIIe siècle ou de plus loin encore. Pour des raisons stratégiques, dans ce pays où protestants et catholiques s'entr'égorgeaient sans arrêt, on faisait les rues étroites : l'ennemi ne pouvait pas s'y déployer, et il était toujours possible de l'atteindre du haut d'une fenêtre, d'un coup de mousquet ou en lui lançant sur la tête des objets lourds. Pour lutter, non plus pour la religion mais contre l'ardeur du soleil, on orientait les rues, chaque fois que c'était possible, du nord au sud. Ainsi, vu leur étroitesse, se trouvaient-elles presque constamment à l'ombre, et au frais, même en plein été. La rue Jean-Pierre-

André était une des plus étroites et des plus fraîches rues de Nyons. Cela ne fut pas sans influer, même avant ma naissance, sur mon destin. Si elle avait été plus tiède, je ne serais pas né.

Comment l'Émile Achard connut-il la Marie Paget ? Sans doute un jeudi, alors qu'elle accompagnait son père venu chercher le pain de la semaine. Et sans doute portait-elle, dans un panier accroché à son coude, pour les quelques clients qui les retenaient d'avance, les minces fromages de chèvre faits par sa mère, les « tommes » fraîches, fondantes, exquises, caillées de la veille, égouttées de la nuit, couchées entre deux feuilles de mûrier. Elle était belle, vive, gaie, l'œil brillant d'intelligence et de volonté. Elle avait été la première à l'école, la première du canton au certificat d'études. Une faim de connaissance la dévorait. Elle lisait tout ce qui lui tombait sous la main, journaux, catalogues, livres empruntés, tout ce qu'elle pouvait attraper. Son père, Paul Paget, n'avait appris à lire et à écrire qu'après son service militaire, qui dura sept ans. Lorsqu'il eut bâti sa maison, qu'il fut installé, marié, tous les soirs, après sa dure journée de paysan, il mettait sa blouse bleue du jeudi, descendait de la Grange, traversait Nyons et allait s'asseoir à la table de l'instituteur, sous la lampe à pétrole accrochée au plafond. Sans doute commença-t-il, comme un enfant, par faire des bâtons, avec un crayon ou sur une ardoise, puis il prit dans ses doigts raides de travailleur de la terre le mince cylindre de bois prolongé d'une plume sergent-major, plongea la plume dans l'encre noire... Il dut faire bien des « pâtés » avant de savoir écrire son nom.

Il était, lui aussi, intelligent et volontaire. Quand il sut lire et écrire, il apprit l'histoire et la géographie, et il écouta l'instituteur lui réciter *Mon père ce héros* et *Waterloo, Waterloo, morne plaine*. Victor Hugo, c'est le cœur de la France, tous les Français doivent, un jour ou l'autre, l'entendre battre.

Pour le calcul, il n'avait pas besoin de l'instituteur. Ces paysans, parfois même ces artisans et ces commerçants, pour qui une page imprimée était aussi incompréhensible en français qu'en chinois, savaient compter, multiplier, diviser, soustraire. Nous ne pouvons pas imaginer comment ils se représentaient les chiffres et les nombres, mais ils connaissaient tous ceux dont ils avaient besoin.

Paul Paget devint conseiller municipal et siégea longtemps au conseil où il défendit les droits des petits paysans et du quartier des Serres. Son esprit était clair, son honnêteté d'acier et de cristal. A ceux qui, nombreux, venaient lui demander conseil, il ne savait indiquer que le chemin de la droiture, même si c'était un chemin raide. Pendant la guerre, alors qu'il était déjà un vieil homme, mais vigoureux comme à quarante ans, son cheval tomba malade. C'était un malheur : le cheval était le moteur universel de la ferme, pour tous les travaux et tous les transports. Le vétérinaire mobilisé, une sorte de vieux rebouteux d'animaux le remplaçait. Il examina la bête, dit qu'elle ne passerait pas la semaine, et conseilla à Paul Paget, afin d'éviter une perte sèche, de la vendre pour la boucherie. Il pourrait lui indiquer un boucher qui le paierait honnêtement. S'il attendait que la bête meure, il faudrait payer l'équarrisseur pour la faire enlever.

Vendre une bête malade pour la boucherie ? Lui, Paget ? Écarlate de colère, il souleva le personnage par le cou, le porta jusqu'au portail de la ferme et le jeta dans le chemin. Puis il alla se laver les mains...

Émile et Marie se rencontrèrent-ils en dehors de la présence du père Paget ? C'est possible. Elle était assez fine, et assez volontaire, si le garçon lui avait plu, pour oublier son panier derrière un sac de farine et revenir le chercher quelques minutes après, seule. Et faire comprendre, d'un mot et d'un sourire, qu'elle n'était pas indifférente. Lui était un timide et un tendre.

Ce que je sais du premier mariage de ma mère est fait de souvenirs qui ont traversé plusieurs mémoires avant de parvenir à la mienne. S'ils ne se sont pas éteints en route, c'est qu'ils étaient porteurs de la lumière de deux âmes.

Un jour, Émile se décida. Il mit son habit du dimanche, laissa le magasin à la garde de sa mère, traversa Nyons, descendit vers Sauve, qui est une rivière de cailloux, traversa un filet d'eau sur une planche qui servait de pont, et commença à grimper la pente de la colline des Serres, vers la Grange.

Le chien l'annonça bien avant son arrivée. Tous les chiens successifs de la Grange se sont nommés Lion. Les deux que j'ai connus se ressemblaient tant qu'ils semblaient le même, hirsute et maigre. Dans une maison où on mangeait peu, il n'y avait pas beaucoup pour le chien. Pour élever honnêtement et proprement cinq enfants sur cinq hectares, il ne faut pas faire grosse chère.

Émile émergea d'entre les oliviers, passa sous le chêne et découvrit la Grange. Elle occupait un court plateau au sommet de deux pentes, comme une petite forteresse pacifique. Partant de la maison et y revenant de l'autre côté, un muret entourait l'aire où l'on bat le blé, où s'élevaient la meule de paille, un cerisier et un mûrier et où les poules grattaient le fumier. C'était du fumier de chèvres et de lapins, un fumier sec, qui sentait l'herbe. Paul Paget ne voulut jamais élever de cochon, qui est une bête sale. Il n'y avait pas assez d'eau pour se tenir propre avec un cochon dans la ferme. Quant aux vaches, il n'était pas possible d'y songer, toujours faute d'eau et de pluie pour faire pousser l'herbe. Ça mange énormément, une vache, ça n'arrête pas. C'est une bête pour paysan riche, sur un sol gras.

Afin d'empêcher les poules de s'évader, il avait surmonté le muret d'un grillage qui complétait la clôture presque hermétique de la Grange. Je ne suis pas certain que le choix de son emplacement, d'où l'on « voyait venir », et la forme qu'il donna à l'ensemble de sa maison et de ses dépendances n'aient pas été inspirés à Paul Paget par la vieille méfiance des chefs de famille protestants, toujours menacés d'être détruits, vies et biens, avec tous les leurs. Certes on était en paix depuis la République, mais... Il n'y pensa peut-être pas mais l'instinct défensif héréditaire pensa pour lui.

Alerté par le Lion, il vint jusqu'au grillage et vit arriver le jeune boulanger. Celui-ci s'immobilisa de l'autre côté du grillage, en face de lui, et lui dit aussitôt :

— Bonjour, monsieur Paget, je viens vous demander votre fille Marie, pour nous marier.

Je ne sais rien de plus sur cette singulière demande à travers les yeux ronds du grillage. Il est probable que Paul Paget fut un peu estomaqué mais ne le laissa pas voir, qu'il invita son visiteur à entrer et le fit asseoir en face de lui dans la fraîcheur de la grande cuisine. Et sa femme dut servir aux deux hommes un petit verre d'eau de noix...

Quant à la réponse, je n'en doute pas, c'est l'intéressée qui la donna. Elle ne se fût jamais laissé imposer ce garçon-là ou un autre si elle ne l'eût accepté, et elle se serait battue pour l'avoir si on le lui eût refusé.

Ils se marièrent. Elle vint habiter Nyons. « En ville. » La boulangerie était petite et le boulanger pauvre, mais c'était quand même un progrès social.

Dans la maison étroite de la rue obscure, Marie fut à la fois source et soleil. Gaie, travailleuse, ingénieuse, connaissant le prix de chaque effort, et combien il est difficile de faire surgir un épi de blé ou un sou, elle sut très rapidement, malgré sa jeunesse, organiser le fonctionnement de la petite cellule familiale et professionnelle. Elle tenait le ménage, le magasin, les « carnets » des clients qui ne payaient qu'à la fin du mois, faisait la cuisine, coupait et cousait ses robes, et, à chaque minute libre, lisait. Sa passion de la lecture la tenait éveillée tard le soir, mais elle aimait aussi beaucoup dormir et quand le réveil sonnait à trois heures du matin, elle disait en soupirant à son mari qui se levait pour pétrir la première fournée :

— Ouvre les volets : quand le jour viendra, il me réveillera et je descendrai.

Il ouvrait les volets, embrassait doucement sa jeune femme déjà en train de se rendormir, et allait commencer les préparatifs de la fournée. Quand il jugeait que le sommeil de Marie était redevenu assez profond, il sortait dans la rue et avec le manche de la longue pelle qui servait à enfourner le pain, refermait doucement les volets, pour que le jour n'éveillât pas celle qu'il aimait.

Ce geste d'amour si simple, si vrai, me paraît aussi beau que le dialogue de Roméo et Juliette.

« Non, ce n'est pas le jour, ce n'est pas l'alouette... »

Marie ne l'a jamais oublié. C'est elle qui l'a raconté, plus tard, en souriant, au soir de sa courte vie.

Mais déjà, à trente kilomètres de là, à Tarendol, se préparait, sans le savoir, à entrer dans son existence celui qui allait devenir mon père, Henri Barjavel.

C'était alors un gamin, dernier-né des quatre enfants d'une famille de paysans très pauvres, à la limite de la misère.

Tarendol, c'est de la marne bleue recouverte de quelques centimètres de cailloux. Depuis des siècles, sans doute depuis des millénaires, des hommes maigres s'obstinent à vivre de cette terre sèche. Le nom du hameau, d'origine préceltique, signifie « un lieu élevé où il y a de l'eau ». C'est à cause de ce filet d'eau que quelques familles se sont rassemblées là, sur la joue du mont Charamélet. A cause aussi du chemin muletier qui y passait et reliait la vallée de l'Ouvèze à la vallée de l'Aygues, en franchissant le col d'Ey et le col de Soubeyrand, fragment d'une longue voie qui reliait par les montagnes la mer Méditerranée au plateau du bas Dauphiné. Doublure ardue, difficile, tortillarde, de la large voie romaine qui empruntait la vallée du Rhône. On dit qu'Annibal et ses éléphants ont passé par là. Il y a une « Font d'Anibau » (Fontaine d'Annibal) près de Buis-les-Baronnies sur l'Ouvèze. Les Sarrasins, eux, sûrement, ont passé ou séjourné à Tarendol : en grattant avec leur araire la mince couche de terre cultivable, les paysans mettaient parfois au jour une de leurs tombes, près de la chapelle du Mas. C'est là que mon grand-père Barjavel avait son champ le plus fertile, où il pouvait récolter un peu de blé sec et dur. Le chemin qui y conduit suit le sommet en lame de couteau d'une vague de marne bleue. En revenant du travail, exténué, le grand-père entortillait autour de son poignet la queue de sa mule et, se laissant tirer et guider par elle, dormait en marchant.

Arrivé à la ferme, la mule rentrée et pourvue de

foin, il montait l'escalier de pierre et allait ouvrir le petit placard creusé dans le mur et dont personne d'autre que lui n'eût osé toucher la porte. Là se trouvaient ses trésors personnels : le reste du paquet de café acheté pour Pâques, un bout de lard, une demi-plaque de chocolat, jaunie de vieillesse. Il en dégustait un fragment, c'était son privilège, il en offrait parfois à un enfant ou à un hôte de passage.

Une fois par an passait le colporteur. Il montait du sud vers le nord, traversait les cols successifs, à pied, naturellement, portant sa marchandise dans sa boîte en bois pendue à l'épaule par une courroie de cuir. Il vendait du fil, des aiguilles, des couteaux « 32 Dumas Aîné », un almanach qui contenait les lunaisons, les prévisions du temps, les dates des foires et des recettes d'onguents. Il retrouvait toujours sa fidèle clientèle. On attendait son passage pour renouveler la bobine de fil : ses prix étaient moins élevés que ceux des épiciers de Saint-Sauveur. Il gagnait peu mais ne dépensait rien. A chaque étape il trouvait logis et nourriture. Il vivait de son voyage, comme un oiseau.

A Tarendol c'est chez les Barjavel qu'il s'arrêtait. Il mangeait la soupe avec la famille, dormait au chaud avec les brebis, et repartait à l'aube après une autre assiettée de soupe, et s'être mouillé le nez et les joues à la fontaine qui avait fait naître le hameau. Un mince fil d'eau venu de l'éternité coulait dans un petit bassin. On y abreuvait les mules, on y trempait le linge, on s'y lavait peu. C'était toute l'eau du village.

La fontaine ou plutôt son bassin, je l'ai retrouvé à mon dernier voyage à Tarendol, l'an dernier, jeté au rebut dans un champ. Je me suis alors aperçu que ce bassin, qui contenait plus d'un mètre cube, avait été taillé entièrement dans un seul bloc de pierre. Par quel paysan têtu, il y a combien de siècles, au prix de combien de milliers de coups de marteau sur le ciseau de fer ?

Une nouvelle fontaine la remplace, une eau plus abondante coule dans deux bassins en ciment. Le chemin des cols est devenu une route asphaltée sur laquelle roulent les camionnettes.

Au temps où Henri Barjavel était un enfant, les seuls arbres fruitiers qui poussaient autour du hameau étaient les amandiers à l'écorce noire, toujours à moitié morts de gel ou de sécheresse. Leurs branches rêches, presque sans feuilles, dessinaient sur le bleu du ciel des hiéroglyphes d'agonie. Mais ils avaient leur moment de gloire : fin février, début mars quand l'hiver avait été très rude, ils se couvraient de fleurs pour appeler le printemps. Pendant quelques jours leurs vieilles silhouettes anguleuses se transformaient en bouquets éclatants, d'un rose très pâle, presque blanc, offrant l'exemple de l'espoir jamais détruit.

L'amande était le seul fruit qu'on pouvait stocker pour aller le vendre au marché de Nyons. Il ne risquait pas de pourrir. Depuis que des camions rapides ont remplacé les mules, on a planté sur le Charamélet des abricotiers qui donnent d'admirables fruits fragiles, tôt cueillis et transportés. Des champs de lavande cultivée ont remplacé les lavandes sauvages. Les paysans de Tarendol mangent aujourd'hui à leur faim et même s'enrichissent. C'est bien leur tour, après dix mille ans...

Autour de la fontaine, le village a aiguisé sa faim pendant des millénaires. Avant l'arrivée des Celtes, Tarendol existait déjà. Ses maisons de pierre ont succédé à ses maisons de pierre à mesure que le temps les écrasait. La maison des Barjavel s'est écroulée une fois de plus. Je n'ai retrouvé à sa place, l'an dernier, qu'un amas de cailloux parmi lesquels rouillait le soc de la dernière charrue. Je l'ai emporté. J'aurais voulu emporter aussi une des deux poutres, jetées à l'écart à côté de la vieille fontaine. C'était de simples troncs de chênes maigres, non équarris, à peine écorcés, tordus de leur vivant par la soif, pétrifiés depuis par l'interminable effort de leurs muscles sous le poids des tuiles et du soleil.

Mais qu'aurais-je fait de cette relique dans mon appartement parisien ? Le soc de l'araire, au contraire, dérouillé, astiqué, passé à la mine de plomb, fait bon ménage avec mes livres. Il excite la curiosité de mes visiteurs :

— Oh ! quel étrange objet ! Qu'est-ce que c'est ?

Ils le touchent du bout des doigts. Avec précaution. Ils croient que c'est de l'art abstrait.

Je ne relèverai pas la maison des Barjavel : ses ruines ne sont pas à moi. La boulangerie de Nyons ne m'appartient pas non plus. J'ai été poussé par le vent hors de mon pays, comme un navire. Peut-être un jour retournerai-je au port, mais la coupure entre l'avenir et le passé est faite. Mes enfants sont nés à Paris. Pour eux, Tarendol, c'est Cro-Magnon. Mes petits-enfants n'y sont jamais venus. C'est ainsi qu'on perd ses racines.

Marie eut son premier enfant à vingt ans. Elle lui donna le prénom de son père : Paul.

Un enfant, c'était la merveille, mais un surcroît de travail pour la mère. Le boulanger pensa à prendre un apprenti qui serait aussi un petit domestique et la soulagerait. Lui-même, aidé au fournil, pourrait s'occuper davantage du magasin. A la foire de Nyons, quelqu'un de Bellecombe[1] apprit que l'Émile Achard cherchait un apprenti. De Bellecombe, la nouvelle parvint à Tarendol et fit réfléchir le Joseph Barjavel.

L'aîné de ses fils était parti comme facteur des Postes en Algérie, sa fille était mariée, il restait à la maison deux garçons : l'Auguste et l'Henri, une bouche et deux bras de trop sur cette marne à cailloux. Et apprendre le métier de boulanger c'était s'assurer un avenir nourricier. Auguste aidait déjà

1. Bellecombe (canton de Sainte-Jalle) est la commune dont Tarendol constitue un hameau.

son père aux champs. Henri, à treize ans, venait d'échouer brillamment à son certificat d'études. Il n'avait pourtant pas grand chemin à couvrir pour aller en classe : l'instituteur habitait chez les Barjavel, et y faisait l'école, au-dessus de l'écurie de la mule. Mais Henri n'y assistait que les jours de pluie. Les autres jours il gardait les moutons. Et il ne pleut pas souvent à Tarendol.

Joseph Barjavel décida que son fils Henri serait boulanger. Le jeudi suivant, il fit demander, par un voisin qui allait au marché de Nyons, l'accord d'Émile Achard. Celui-ci demanda à voir Henri.

Ils partirent tous les deux à l'aube, le père et le fils, pour faire le chemin à pied. Il y a une trentaine de kilomètres de Tarendol à Nyons, ce n'est pas un monde, cinq ou six heures de route, sans traîner ni se presser.

Et Marie vit entrer dans la boutique étroite de la rue Jean-Pierre-André un grand homme maigre vêtu et coiffé de noir, anguleux comme un amandier d'hiver, qui tenait par la main un garçon superbe aux cheveux bruns bouclés et aux yeux bleus.

Joseph Barjavel rentra tout seul à Tarendol.

N'allez pas imaginer dès maintenant quelque intrigue sordide entre une jeune patronne et un apprenti grandissant. Nous ne sommes pas ici dans un roman de Zola, mais dans la vie réelle, plus belle et plus terrible. Marie et Henri ne sont pas des personnages, mais des êtres vrais, et leurs pensées et leurs sentiments sont clairs. Dans leur dure enfance, leurs parents leur ont appris à être honnêtes, et leur ont, par l'exemple, montré, chaque jour, à chaque heure, qu'il n'y a pas d'autre façon de vivre que de se conduire droitement, avec simplicité. Le destin vient de les présenter l'un à l'autre, c'est lui qui se chargera de les réunir et de les séparer. Et son double visage montre plus souvent la face du malheur que celle de la joie.

Pour Henri, descendre de Tarendol à Nyons constituait un changement formidable. Nyons, c'était la Ville, avec ses magasins, ses cafés, son Champ-de-Mars et ses jeux de boules, son tambour de ville, ses diligences et son chemin de fer terminus! C'était la compagnie, l'abondance, la bonne nourriture. On mangeait bien à la table de Marie, de bonnes assiettées bien pleines. On travaillait dur sous la direction d'Émile, mais on apprenait un beau métier. Henri avait droit à son dimanche après-midi, et son patron lui donnait ce jour-là deux sous. C'était tout ce qu'il gagnait. Deux sous, c'est-à-dire dix centimes, par semaine. Dix centimes-or, c'est vrai, mais on est quand même loin des contrats actuels d'apprentissage... [1]. Que pouvait faire un garçon de treize ou quatorze ans avec cette somme? L'économiser? Ce n'était pas dans la nature de mon père. De ce qu'il a gagné par son travail, rien ne lui est jamais resté entre les mains, et en cela je suis

1. Au moment où j'écris ces lignes, la valeur du napoléon oscille autour de 400 francs. Ce qui, pour les 2 sous-or, donne 2 francs. Salaire mensuel : 8 francs. Encore était-ce une largesse : les apprentis, en général, ne recevaient rien.

bien son fils. Il est mort à soixante-seize ans plus pauvre qu'à son premier dimanche d'apprenti.

Alors ? Peut-être aller boire une limonade au café de la Poste avec des copains ? Il était très sociable, et gai. Après le désert de Tarendol, se mélanger à la jeunesse de Nyons, ce fut comme se baigner dans la rivière.

Quoi qu'il en fît, cette pièce de deux sous en bronze, à l'effigie de la République ou portant encore, usé par tant de doigts, le portrait de Napoléon III, c'était son premier gain de travailleur, c'était le premier argent lui appartenant, c'était sa fierte et sa joie du dimanche. Il les recevait avec sa liberté.

Quand son patron les lui supprima, ce fut un drame.

Son dernier travail du dimanche, avant de courir de la rue étroite vers le grand ciel du Champ-de-Mars, consistait à « rentrer le bois » pour la première fournée du lundi. Le four était chauffé au bois, c'est-à-dire avec des fagots, entreposés dans une remise de la rue Jean-Pierre-André. Une des tâches de l'apprenti consistait à en apporter dans le fournil, pour chaque cuisson, le nombre nécessaire.

Un dimanche, Henri partit sans avoir rentré le bois, se disant : « Je le rentrerai ce soir. » Il était pressé de retrouver les copains et sans doute les copines. Il allait sur ses quinze ans. Les filles de Nyons, à cet âge, sont hardies. J'en ai fait plus tard l'expérience a mon tour. Nous, les garçons, étions innocents et effarés, mais elles chauffaient comme la braise. A ce feu-là, mon père s'est toujours brûlé.

Quand il rentra le dimanche soir, son patron lui reprocha sévèrement sa négligence, et lui déclara :

— Je te supprime tes deux sous de dimanche prochain !

A soixante-quinze ans, mon père me racontait cet épisode d'une voix qui en tremblait encore. Ce fut sa première rencontre avec l'injustice. La punition était sans commune mesure avec la faute. Émile Achard ne s'en rendit pas compte. Pour lui, il s'agissait seulement d'une pièce de monnaie. Pour le jeune garçon, c'était sa part d'homme, sa tranche de vie sociale, sa participation à la bouteille de limonade qu'on se mettait à trois pour offrir aux filles. Dimanche prochain, il ne pourrait pas ajouter sa pièce à celles des copains. Il serait humilié.

Il n'attendit pas la fin de la semaine. Il dit à Émile Achard : « Je m'en vais », et fit son balluchon. Il savait qu'à Mirabel un boulanger cherchait un apprenti dégrossi. Et qu'il offrait quatre sous...

C'est ainsi qu'Henri Barjavel commença son petit Tour de France, dans les limites du Comtat Venaissin : sud de la Drôme, nord du Vaucluse, avec quelques pointes de l'autre côté du Rhône, en Ardèche. C'est l'horizon de mon pays. Au centre pointe le mont Ventoux, que mon grand-père Paget regardait tous les soirs pour savoir quel temps il ferait demain, et où j'allais placer plus tard la base de départ de *Colomb de la Lune*, celui de mes romans qui est le plus cher à mon esprit et à mon cœur.

A la boulangerie de la rue Jean-Pierre-André, Marie était de nouveau enceinte. Elle souhaitait vivement une fille. Ce fut un second fils. Elle lui donna le prénom de son mari : Émile.

De patron en patron, Henri apprenait peu à peu les finesses de son métier. Comment reconnaître, au toucher, à l'odeur et au goût, la qualité d'une farine, comment faire les mélanges des farines de force et des farines plus douces pour avoir une pâte qui lève bien et qui se tient, comment faire la « pâte dure » et la « pâte molle », le pain fendu et le pain parisien, et les boules et les fougasses, et mêmes les pognes de Pâques et les brassadeaux du dimanche des Rameaux.

Et il était devenu assez fort pour pétrir.

Avant l'invention du pétrin mécanique, le métier de boulanger nécessitait une grande force physique. Trimbaler les balles de cent kilos ne constituait que le hors-d'œuvre du travail. Le plus dur était de pétrir.

Dans un grand pétrin de bois, long d'environ deux mètres, plus large en haut qu'en bas, on versait d'abord une trentaine de kilos de farine, puis environ dix litres d'eau tiède dans laquelle on avait dilué le levain, et encore un peu d'eau où avait fondu le gros sel. Une fois le tout grossièrement mélangé avec le racloir, il fallait le « fraiser », c'est-à-dire couper et arracher poignée par poignée les cinquante kilos de pâte pour la rendre homogène et aérée. Et recommencer, et recommencer encore, jusqu'à ce qu'elle ait la consistance voulue. Cela, c'était les doigts du boulanger qui le reconnaissaient. Après l'avoir laissée reposer, ils la saisissaient de nouveau, pour la découper en grands « pâtons », qui allaient lever et gonfler dans les planches à pain, avant d'être découpés une dernière fois pour aller au four. Toute la journée, le boulanger se colletait avec sa pâte. C'était un combat au corps à corps, au cours duquel il lui communiquait par ses mains, par ses bras et sa poitrine, sa chaleur humaine. Et la pâte en devenait vivante.

En échange, il recevait un teint blanc qui était alors celui des femmes à la mode. Mais aussi une fine fleur de farine qui lui tapissait les bronches et rendait ses voies respiratoires fragiles. Le boulanger avait des bras de fer et des poumons de dentelle. Mon père est mort d'un cancer du poumon. La gauloise bleue y a été pour beaucoup, mais peut-être aussi la farine respirée pendant toute sa jeunesse.

Plus tard, quand il revint de la guerre et reprit son travail, il me disait :

— Y a un dicton...

Il s'arrêtait, son œil bleu brillait...

— ... On dit : pour faire un bon boulanger, il faut être grand, fort et bête !...

Et il éclatait de rire, se moquant de lui-même. Grand ? Oui, pour bien dominer le pétrin et se pencher sur lui avec deux longs bras ouverts.

Fort ? Oui, nous venons de bien le constater.

Bête ? Qu'est-ce que cela veut dire ? Qu'il n'est

pas nécessaire de connaître la date de la bataille de Marignan, et qu'on peut être un merveilleux faiseur de pain incapable d'écrire six mots sans les fleurir de dix fautes d'orthographe ? Peut-être. Mais, aussi, je crois qu'au temps d'avant la mécanique, il fallait à l'homme qui faisait chaque jour l'amour avec la pâte, pour que l'union fût réussie, une sorte d'innocence d'âme, une blancheur de farine dans son cœur. C'était avec la peau de ses doigts, avec le creux de ses mains, qu'il communiquait avec sa partenaire, et qu'il la comprenait. Le raisonnement de la tête ne venait qu'après, et devait rester simple, instinctif. Toute complication l'eût faussé.

Cette innocence, mon père la possédait. Ou plutôt elle le possédait en entier. Il est resté toute sa vie le petit berger de Tarendol, emportant avec lui, pour devenir mitron, ses horizons clairs et le bleu du ciel dans ses yeux. En dehors de son métier, il a toujours été un enfant, aimé des femmes, roulé par les hommes, incapable de défendre son assiettée de soupe et de mettre en rapport les recettes et les dépenses. Et quand la réalité ne lui donnait pas satisfaction, l'embellissant avec les fruits de son imagination.

Dans les tribulations du milieu de sa vie, il exerça, pendant un certain temps, la profession de représentant en vins et liqueurs, à Lyon. Il visitait les bistrots les uns après les autres pour proposer sa marchandise, et tous les patrons, et surtout les patronnes, furent bientôt ses amis. D'autant plus amis que, par bienveillance, pour rendre service, il retardait ou escamotait même, parfois, les factures. Comme, par-dessus le marché, il mélangeait les chiffres et faisait danser les virgules, ça ne dura pas...

Mais entre-temps il avait fait la connaissance d'une belle Lyonnaise, plus jeune que lui, et qui exerçait le métier distingué de secrétaire. Pour se hisser à son niveau, il lui déclara qu'il possédait une automobile, alors qu'il faisait ses tournées dans un léger tilbury tiré par un cheval. C'était en 1932 ou 1933. Une automobile, à cette époque, n'était pas la marchandise courante d'aujourd'hui, presque aussi répandue que le café-crème. C'était quelque chose de très important, image de la réussite et du standing social. Aucune jeune secrétaire ne pouvait résister à un tel char d'assaut.

Comme il ne pouvait pas la lui montrer, il lui dit qu'il me l'avait prêtée — j'étais alors jeune journaliste à Moulins, gagnant à peine de quoi louer une bicyclette... — mais bientôt, je viendrais la lui rapporter ! Et il emprunta de l'argent pour faire prendre à sa bien-aimée des leçons de conduite, en vue du jour où elle se mettrait au volant de cette automobile qui n'existait pas...

Qui n'existait pas ? Pour des humains ordinaires, peut-être... Pour lui elle existait. Il ne mentait pas. Il y croyait. C'était cela son innocence, qui le mit si souvent dans des situations impossibles. Il faisait confiance à tout le monde, il croyait ce que chacun lui affirmait, y compris son cerveau de petit berger

41

qui se racontait des histoires dans le désert de Tarendol.

Cette fois ce fut une autre femme qui le sauva, en le prenant sérieusement en main, pour de nombreuses années.

Cher père, je crois que mes romans de science-fiction te doivent quelque chose...

Rue Jean-Pierre-André, tout allait bien. On avait engagé un nouvel apprenti, le boulanger travaillait, la boulangère faisait des économies, les deux garçons trottinaient. Marie espérait avoir un troisième enfant qui serait une fille. Mais ici, dans la maison mince, vraiment, ce n'était pas possible. Déjà, dès que les deux garçons seraient un peu grands, on ne saurait où les mettre. Pour le moment, ils couchaient dans la chambre de leurs parents, mais ça ne pourrait pas durer. Et Marie faisait ses comptes, en parlait avec Émile : si la clientèle restait fidèle, dans deux ou trois ans on pourrait vendre le fonds, en acheter un autre où on serait plus à l'aise, celui de la rue Gambetta, par exemple, dans le quartier neuf. Émile était d'accord avec tout ce qu'elle voulait. Si elle estimait qu'elle serait plus heureuse rue Gambetta, elle aurait la rue Gambetta. Pour cela, il n'avait qu'une chose à faire, qu'il savait bien faire : du pain...

Il se levait toujours à trois heures du matin, et,

dès que la première fournée était en train de cuire, il quittait le fournil surchauffé pour venir se rafraîchir dans la rue étroite. Le pontias, le vent de Nyons qui souffle matin et soir, la prenait alors en enfilade, du nord au sud. En maillot de corps, les bras et les cheveux blancs de farine, le jeune et fort boulanger respirait à grands coups le petit vent frisquet qui, pendant les épidémies de peste, sauva, dit-on, Nyons du mal noir.

Et sa voisine du premier étage à droite — il y a toujours, à toute heure, dans les rues de Nyons, une voisine derrière un volet — lui criait chaque matin :

— Émile, couvre-toi ! Tu vas attraper le mal de la mort !...

Et il l'attrapa.

Le mal de la mort, qu'on attrapait par un chaud et froid, et auquel les boulangers étaient plus sensibles que d'autres à cause de la farine qu'ils respiraient, c'était la double pneumonie contre laquelle on ne possédait, évidemment, aucun anti-biotique. Les remèdes étaient les ventouses, que parfois on fendait d'un coup de rasoir pour tirer le sang — on les appelait ventouses scarifiées —, les sinapismes, la sudation, les révulsifs, les sirops... On en guérissait parfois. On en mourait souvent.

Étant donné la force de son tempérament, Émile aurait pu en guérir, si le destin n'avait posé sur lui son doigt noir et blanc.

Il y avait un hôpital, à Nyons, mais n'y allaient que les miséreux, les sans-ressources. On naissait, mourait, et se soignait chez soi. Un boulanger

44

n'était pas du gibier d'hôpital. L'excellent Dr Bernard vint le visiter. C'était le docteur protestant. Le docteur catholique était le Dr Rochier. Médecins compétents et dévoués, ils étaient alternativement, d'une élection à l'autre, maire de Nyons, l'un et l'autre se dépensant avec égalité pour l'intérêt de la commune et de tous les citoyens, quelle que fût leur confession. Le docteur protestant avait la barbe noire, et le docteur catholique la barbe rousse.

Le Dr Bernard ne cacha pas à la Marie la gravité du mal. Il ordonna un révulsif, et une potion à faire prendre régulièrement toutes les heures. Marie avait à s'occuper de la boutique, des enfants, du ménage, à surveiller l'apprenti, à aller prier un confrère boulanger de venir remplacer au pétrin le concurrent malade. Elle craignait de ne pas être assez présente auprès d'Émile. Elle prit une garde-malade. C'est-à-dire une sœur du Bon-Secours. Il n'existait pas d'autres infirmières à Nyons. Leur charmant vieux couvent était perché en haut du quartier des Forts, à côté du donjon carré transformé en chapelle et orné d'une dentelle gothique par Viollet-le-Duc. Dans leur jardin suspendu, elles cultivaient des poireaux et des roses, et se rendaient à la demande auprès des malades pour leur faire avaler les remèdes plus quelques conseils bénits. Les protestants étaient bien obligés de faire appel à elles, mais ils y allaient à reculons. La soutane, c'était l'habit du diable, et la robe de la bonne sœur ne valait guère mieux. On n'aimait pas la voir entrer chez soi, bien qu'on reconnût le dévouement de celles qui la portaient.

Il en vint à la boulangerie une toute jeune pour prendre soin d'Émile. Elle était sans doute fille d'un paysan pauvre de la montagne, encore un peu sauvage, mais elle savait lire. Elle lut l'ordonnance du docteur, regarda les fioles, fit prendre au malade sa première cuillerée de médicament, puis s'assit à son chevet et commença à dire son chapelet.

Le soir, Émile était mort.

Le Dr Bernard vint constater le décès, trouva l'évolution de la maladie bien rapide, regarda les flacons, hocha la tête. La bonne sœur était déjà repartie. On dit depuis dans la famille qu'elle s'était trompée et qu'elle avait fait avaler au malade régulièrement, d'heure en heure, au lieu du sirop, le révulsif...

C'était peut-être vrai. C'était peut-être une hypothèse émise pour expliquer logiquement le décès brutal d'un homme si jeune et si fort. L'hypothèse devint soupçon puis certitude. On pouvait s'attendre à tout de la part de ces bonnes sœurs. Dévouées, mais abruties par les paternoster et les simagrées catholiques... Ce n'est pas de chapelets qu'un malade a besoin, mais d'un œil attentif.

Vingt ans plus tard, alors qu'il était agent voyer à Rémuzat, Émile Achard, le plus jeune fils du boulanger, reçut la visite d'une sœur du Bon-Secours qui venait faire la quête pour ses pauvres et qui lui dit :

— Ah! monsieur Achard, je vous ai connu tout petit !... C'est moi qui ai soigné votre pauvre papa quand il est mort...

Blême, Émile, sans dire un mot, lui montra la porte. Elle sortit en balbutiant. Elle ne comprenait pas. Encore la mauvaise humeur de ces protestants fanatiques. Innocente ? De toute façon, elle l'était.

Voilà Marie veuve à vingt-cinq ans, seule avec deux jeunes enfants, un commerce, et un métier qu'elle ne peut pas exercer elle-même. Pour élever ses fils il faut qu'elle maintienne le commerce. Pour faire le pain, il faut qu'elle prenne un ouvrier.

Elle fait face à la situation avec courage, intelligence et volonté. Ce sont ses trois qualités de base, auxquelles s'ajoute, quand les circonstances s'y prêtent, la gaieté. Pour l'instant c'est le chagrin qui l'habite, mais ne la domine pas. La boulangerie continue. Marie a tiré de sa retraite un vieil ouvrier qu'elle arrache à son jardin pour le remettre au pétrin. Mais il n'a plus la force, plus la main, ses fournées sont ratées, sa pâte ne lève pas, ou lève trop, ses pains sont plats comme des galettes. Marie le renvoie et prend un homme jeune et fort.

Elle s'aperçoit alors que son état offre un inconvénient majeur : libre, jeune, belle, patronne, elle est une tentation irrésistible pour un homme qui peut espérer faire deux conquêtes à la fois : celle de la femme et celle de la boulangerie, et devenir en même temps comblé et patron.

Il mène ses assauts rondement. Elle le remet à sa place vertement, mais il continue. Elle est obligée, la nuit, de s'enfermer à clef dans sa chambre, de pendre un vêtement derrière le trou de la serrure pour échapper à l'œil indiscret. Elle ne pourra renvoyer son ouvrier trop entreprenant qu'après lui avoir trouvé un remplaçant. Ce n'est pas facile. Les ouvriers boulangers ne sont pas nombreux. Les bons ouvriers sont rares. Plusieurs vont se succéder dans la boulangerie étroite, et tous vont se conduire de la même façon. Paul Paget, qui veille de loin sur sa fille, est même, une fois, obligé d'intervenir pour en expulser un qui se considère déjà comme chez lui et ne veut pas partir.

Il faudrait trouver quelqu'un de confiance. Marie a entendu dire que le petit Henri, qui a grandi et arrive à la fin de son apprentissage, a maintenant toutes les qualités d'un bon boulanger. Il travaille chez un patron de Valréas. Elle lui fait demander de revenir chez elle. Elle lui offre la place d'ouvrier. Sa première place d'ouvrier...

Il refuse. Il a gardé un mauvais souvenir de la maison mince, de la rue obscure, et il se trouve bien à Valréas, dans une maison large où il a une belle chambre.

Valréas, à quinze kilomètres de Nyons, est une ville de plaine, bien étendue, qui prend ses aises, ses places sont vastes et ses rues larges. C'est la seule ville de France qui n'appartienne pas au départe-

50

ment dans lequel elle se trouve. Située dans la Drôme, elle appartient curieusement au Vaucluse. Son nom au XIIe siècle était Valleriaz. Au temps de mon enfance, alors qu'on nommait la ville en provençal Vaurias et en français distingué Valréas, en français populaire on disait encore Valérias. La tradition orale était restée plus fidèle aux origines que les écrits officiels.

Rue Jean-Pierre-André, la situation devenait grave. Marie avait dû reprendre le vieil ouvrier, qui s'endormait le nez dans son pétrin et fabriquait du pain aigre et blême. La clientèle s'en allait.

Le père Paget attela sa jardinière — c'était une voiture légère à deux roues cerclées de fer, pour transporter deux ou trois personnes et un peu de marchandise — et fit voler son cheval jusqu'à Valréas.

Il entra dans la boulangerie et resta planté devant le comptoir, droit et sévère.

— Qu'est-ce que vous voulez, monsieur ? demanda le boulanger.

— Je veux voir l'Henri.

Le boulanger appela son apprenti.

— Bonjour, monsieur Paget, dit Henri Barjavel.

— Je suis venu te chercher, dit Paul Paget. La Marie a besoin de toi.

— J'ai déjà dit non, répondit Henri.

— Tu seras ouvrier. Tu gagneras « tant ». A moins que monsieur te donne davantage ?

— Oh ! dit le boulanger, moi je peux pas payer

un ouvrier. Si l'Henri s'en va, je prendrai un autre apprenti.

— Je m'en irai pas, dit Henri.

Le père Paget, soucieux, dut s'en retourner seul. Henri se trouvait bien à Valréas. Le boulanger et la boulangère étaient vieux et gentils et le traitaient comme leur fils. La boulangère lui faisait des petits plats rien que pour lui, en supplément, car eux étaient arrivés à l'âge où on grignote, et lui avait besoin de nourrir sa force. Elle lui confectionnait des caillettes parfumées d'un brin de sauge, des daubes et des omelettes d'olives. Il était heureux. Mais le destin avait décidé qu'il retournerait à Nyons, et posa son doigt dans son assiette.

Dans une grande pièce du rez-de-chaussée, entretenue dans la tiédeur par le four proche, la patronne, chaque été, élevait des vers à soie. Le soir même de la visite de Paul Paget, Henri en trouva un dans sa soupe, un magnan de la troisième « dorme », plus gros qu'une cigarette gitane-maïs, gras et bien cuit.

Le cœur soulevé, il regardait son assiette sans toucher à son contenu.

— Tu manges pas ? dit sa patronne. Qu'est-ce qu'il y a ?

— J'ai pas faim, dit Henri.

— Tu la trouves pas bonne, ma soupe ? Qu'est-ce que tu lui reproches à ma soupe ?

Lui montrer le ver à soie au bout de sa fourchette, c'est-à-dire l'accuser de négligence et de malpropreté ? Ou la vexer en continuant de refuser sa soupe ? Henri choisit une troisième solution.

— Je lui reproche rien, à votre soupe, elle est bonne... Mais j'ai pas beaucoup faim...

— Mange, que ça te fait du bien !...

Et il la mangea... Héroïquement. Lentement, chaque cuillerée avalée comme de l'huile de ricin. La boulangère le surveillait et hochait la tête, les lèvres pincées, devant ce manque d'ardeur.

— Je vois bien que tu aimes plus ma cuisine, dit-elle.

— Si, si, je l'aime, mais on a bien le droit d'avoir pas faim, un jour...

— Pas à ton âge...

Le boulanger, le nez dans son journal, avalait sa soupe en aspirant — hûû !... — et se désintéressait de l'incident. La boulangère ne voyait plus très clair.

Henri put faire glisser le ver à soie hors de son assiette et s'en débarrasser en se levant de table.

Mais le lendemain à midi, quand il prit place devant le tian de pommes de terre avec des godiveaux, il lui sembla que les petites saucisses étaient des vers à soie rôtis, et les patates des vers à soie réduits en purée. Il ne pouvait plus avaler la cuisine de sa patronne... Il fit savoir à Mme Vve Achard qu'il acceptait la place et qu'il allait arriver.

Posé sur une chaise de paille à la tête de son lit, son réveil était réglé sur trois heures du matin. C'était un réveil sérieux qui avait tiré à la même heure, de leur sommeil de pierre, tous les apprentis et les ouvriers de la rue Jean-Pierre-André, et aussi le patron de son sommeil plus léger. Mais il ne réveilla pas Henri : celui-ci était déjà levé depuis un quart d'heure. Déjà, il avait fait réchauffer et bu son café, et debout dans le fournil éclairé par une faible ampoule enfarinée pendant au bout du fil, il inspectait le champ de bataille où il allait livrer son combat. Tout seul. Sa première fournée d'ouvrier...

Ouvrier pour la première fois. Et ouvrier sans patron... Personne au-dessus de lui pour lui donner des instructions ou des conseils, pour critiquer, approuver ou rectifier ce qu'il allait entreprendre. Liberté totale de décider, et responsabilité entière du résultat. Ce serait SA fournée. Ce serait SON pain. S'il le réussissait, tous les boulangers de Nyons se le diraient, et ceux de Valréas et de Mirabel. On le saurait jusqu'à Vaison et à Grignan. Et dans Nyons les ménagères apprendraient qu'il y avait de nouveau du bon pain rue Jean-Pierre-André, la clientèle perdue reviendrait. Et Mme Achard pourrait être tranquille pour son avenir et celui de ses enfants.

Comme Napoléon à l'aube d'Austerlitz — ou de Waterloo — il fit le tour de son dispositif : le pétrin, qu'il connaissait bien ; la farine, il l'avait tâtée elle était bonne ; le bois, il l'avait rentré lui-même, des fagots bien secs, ils allaient s'enflammer comme des allumettes ; les planches à pain où mûriraient les pâtons ; le long râble de fer coudé, pour sortir la braise du four ; la panouche, torchon mouillé au bout d'un manche, pour le nettoyer de la cendre ; et les trois pelles à enfourner, la rectangulaire pour les pains fendus, la ronde pour les boules, l'étroite pour les « parisiens »...

Et l'âme de la future pâte, qui allait donner vie au mélange de farine et d'eau : le levain. Il l'avait préparé soigneusement la veille au soir. C'était un morceau de la dernière fournée du jour, qu'il avait coupé dans la pâte levée, et enfermé dans le « garde-levain », une sorte de grand faitout en fer galvanisé à double paroi. Dans la paroi creuse, il avait versé de l'eau chaude, et placé le récipient dans une niche creusée dans le mur du four, qui lui servait de couveuse... Le morceau de pâte avait doucement fermenté, toute la nuit, et Henri savait qu'il était maintenant devenu une petite masse de matière molle, pleine de bulles, et qui sentait l'aigre.

Dans le grand silence de la nuit de Nyons, il

entendit sonner trois coups au clocher de l'église. C'était la cloche catholique, les protestants disaient qu'elle était fendue. Ce n'était pas vrai, mais sa voix pouvait le laisser croire. Catholique, protestant, Henri s'en moquait. Il avait eu des démêlés, en tant qu'enfant de chœur, avec le curé de Bellecombes, un rude curé de montagne, qui l'avait un peu traité à coups de pied au derrière. Sa foi n'y avait pas résisté. Sa tolérance y avait gagné...

En haut de la maison mince, la sonnerie du réveil répondit à celle de la cloche. Il était temps de commencer... Il saisit à bras-le-corps une balle de farine de cent kilos, la souleva, la coucha sur le bord du pétrin, coupa la ficelle qui la fermait et en laissa couler la quantité voulue. A vue d'œil. Il savait.

Et quand il ouvrit le couvercle du garde-levain, à l'odeur qui lui sauta au nez, il sut quelle était la force de son levain, et combien de temps sa pâte mettrait à lever. Alors, penché vers le pétrin, ses fortes mains ouvertes, ses bras en forme de parenthèses, il commença à pétrir...

Quand les longs pâtons furent couchés dans la tiédeur du fournil, Henri essuya son visage en sueur au torchon blanc qui pendait à sa ceinture. Il était content, c'était bien parti, la pâte était exactement comme il avait voulu la faire, mais ce n'était pas encore gagné. Il suffisait d'un rien pour faire rater la fournée : un courant d'air sur les pâtons, le four allumé trop tard ou trop tôt ; qu'il ait refroidi quand la pâte est mûre et le pain ne serait pas cuit, ou qu'il soit trop chaud et le pain serait brûlé... Et il restait à accomplir l'opération la plus délicate, qui couronne le travail du boulanger ou le détruit : il restait à enfourner.

Il est plus facile d'enfourner à deux. La planche à pain est posée sur des tréteaux, devant le four, perpendiculairement à sa porte. A gauche de ce long lit de bois, l'ouvrier muni du racloir coupe dans le pâton un morceau d'environ un kilo. A droite, le patron lance à la volée sur le plat de la pelle un peu de repasse. C'est un son très fin, qui contient le germe du blé, et qui servira de lubrifiant. Il prend le morceau de pâte, le pose sur la pelle, la tranche en l'air pour qu'il s'ouvre comme un feuilleté. Si la pâte est trop molle, il s'écrase. Si elle est trop dure il ne s'ouvrira pas. Si elle est trop levée il s'aplatit, pas assez levée il se ratatine... Si la pâte est bonne, le morceau qu'on prend et pose sur la pelle est comme le sein d'une femme épanouie : il a cédé tendrement dans la main, mais il reprend sa forme et reste ferme...

Henri était seul, et heureux. Sa pâte était bonne, et quand il se penchait pour pousser la pelle dans le four, il recevait au visage un coup de chaleur brûlante, juste le coup de chaleur qu'il fallait. Il allait vite pour que le four, sa grande bouche ouverte, n'ait pas le temps de se refroidir. La surface du four a la forme d'un cercle. Pour ne pas perdre de place, il faut y disposer une partie des pains dans un sens, d'autres en oblique, d'autres perpendiculaires. Henri posait sur sa pelle le morceau de pâte dans la position qu'il occuperait dans le

58

four, se penchait, la chaleur lui cuisait le nez et les joues, il poussait la pelle au ras de la sole, le long manche glissait entre ses doigts, il l'immobilisait une fraction de seconde à l'emplacement qui serait celui du pain bien à sa place, ni de travers ni renversé ni tordu, et retirait la pelle d'un coup sec sans renverser le pain qui commençait déjà à s'ouvrir comme une fleur à la première chaleur du soleil.

Quand le four fut plein, avec les quatre grosses boules au fond, à l'endroit le plus chaud, et deux minces baguettes juste près de l'entrée, où elles cuiraient comme dans un souffle, la fournée avait l'air d'une mosaïque, ou d'un parquet à points de Hongrie. Mais Henri n'avait jamais vu ni ceci ni cela...

Il referma la lourde porte de fonte. Tout était joué. Il n'avait plus qu'à attendre. Quand il rouvrirait la porte, il saurait au premier coup d'œil s'il avait gagné ou perdu.

Il s'essuya le visage avec son torchon, laissant des traînées blanches sur ses joues et sur son front. Ses oreilles étaient rouges, ses cheveux enfarinés, il sentait la farine, la sueur et le levain, et aussi l'odeur fine de la repasse et celles de la cendre chaude et des fagots brûlés. C'était le bouquet du pain.

Il avait besoin de se détendre et de respirer. Comme Émile, il sortit dans la rue Jean-Pierre-André, en maillot de corps, tout brûlant du fournil dans le vent frais. Le jour d'été était levé. En haut des maisons, l'étroite rue du ciel allongeait son bleu pur du jour tout neuf. Henri respira un grand coup et alluma une cigarette. Derrière son volet, la voisine se mettait en place. Elle pensa : « Ils sont tous pareils ! Après ce qui est arrivé à l'Émile, il pourrait quand même y penser ! Il faut que je lui dise !… »

Mais elle ne dit rien. Par la fente entre les deux volets, elle le regardait. Il avait des cheveux bruns bouclés, le teint clair, le nez droit et fin, les joues un peu creuses, déjà un brin de moustache, et les yeux couleur du ciel : bleus avec un peu de l'or du soleil. La lumière qui tombait entre les toits modelait ses épaules nues, fortes et fines, ses bras de fer, sa poitrine plate. Il leva la tête et sourit de bonheur en envoyant, dans une bouffée du pontias, qui la roula et l'emporta, la première fumée de sa première cigarette de la journée. La voisine soupira et pensa : « Qu'il est beau, ce diable !… » Il avait dix-huit ans.

Avant ses yeux, ses narines lui dirent qu'il avait réussi. Le parfum du pain frais giclait tout autour de la porte de fonte, emplissait le fournil d'odeurs, de bruit, et de couleurs, le parfum craquant, doré, ardent, du pain levé et cuit à point.

Henri s'en gonfla les poumons comme une montgolfière, ouvrit brusquement la porte et regarda. Il faillit crier. Jamais il n'avait vu d'aussi beaux pains, jamais, même chez son meilleur patron, à Carpentras.

Alors il empoigna la pelle et les tira hors du four, rapidement, un par un, deux par deux, comme ils voulaient venir, vite. Ils glissaient sur le bois de la pelle, sur la pierre chaude du four, il les prenait brûlants dans ses mains nues, les disposait dans les corbeilles, sur les planches, retournait à sa pelle, c'était une danse d'or, un tourbillon de parfum et de lumière qui tournait autour de lui, et chaque pain qu'il prenait et posait, il le regardait, le soupesait et le touchait sans appuyer, partageait avec lui la chaleur et la joie. Et il jurait en provençal pour les remercier tous. En provençal, on dit facilement à un ami qu'il est un bougre d'enfant de pute, ce qui veut dire qu'on l'aime. Ils étaient tous réussis, tous, ils s'étaient ouverts comme des lys, comme des roses, ils étaient légers comme des nuages d'été, innocents et beaux comme des derrières d'anges.

— Elle est belle, ta fournée, lui dit une voix.

Il se retourna. Mme Achard se tenait à la porte du fournil, habillée en hâte, ses cheveux relevés et piqués sur sa tête avec quelques épingles, les yeux à la fois encore ensommeillés et brillants. Elle avait été réveillée par le parfum du pain, qui avait escaladé l'escalier tournant et envahi sa chambre.

Henri se mit à rire de plaisir. Plaisir de sa propre réussite, et plaisir d'avoir fait plaisir. Il prit sur la barde du four et lui donna les deux baguettes fines, fragiles, qu'il avait faites exprès pour le petit déjeuner de la patronne et de ses deux garçons. Puis il choisit six de ses plus beaux pains — le choix ne fut pas facile — et alla les disposer dans la vitrine, face à la rue. Il recula dans l'ombre, au fond du magasin, et attendit.

Le premier passant fut une vieille femme grise, aux cheveux gris, portant un cabas gris. Elle marchait doucement, un peu courbée, en regardant le bout de ses pieds. Elle remontait la rue, vers la place du Foussat. Quelque chose lui tira le coin de l'œil vers la droite, une lumière. Elle tourna la tête et vit les pains dans la vitrine. Elle s'arrêta et fit :

— Oou...

Elle s'approcha, regarda longuement les pains, les uns après les autres, et repartit en hochant la tête et en disant :

— Eh ben !... Eh ben !...

Et tous les passants s'arrêtèrent de passer pour venir voir le pain d'Henri. Un demi-siècle plus tard, il me racontait cette journée avec la même joie et le même orgueil rayonnant et naïf. C'est peut-être de ce jour-là — mais j'en doute, à cause de la patronne, qu'il ne fallait pas choquer — qu'il prit l'habitude de chanter cette chanson que j'entendis si souvent par la suite, quand il tirait du four son pain doré. La traduction française paraît un peu grossière. Il ne faudrait pas la lire mais l'écouter, en provençal, telle qu'il la chantait dans la chaleur du four et de l'été :

> *Moi si je voulais*
> *Je ferais dans mes culottes :*
> *Mon cul est à moi*
> *Et mes culottes sont payées.*

C'est une affirmation hardie de la liberté... La liberté d'un citoyen fier d'avoir gagné par le travail de ses bras la pleine disposition de ses biens et de son corps...

Elle avait vingt-cinq ans et un peu plus. Il avait dix-huit ans et quelques mois. Elle était en peine et en deuil. Il était sérieux. Mais il était gai et elle, foncièrement, aussi. Ce fut certainement ce qui, peu à peu, les rapprocha, effaça les barrières des différences d'âge et de situation. Il avait tout un répertoire de chansons convenables, en français et en provençal. Il n'en chantait que deux ou trois phrases et recommençait, pour accompagner les gestes recommencés de son travail. Il chantait fort, et il n'avait pas une belle voix. Ce n'était pas du chant, c'était de la joie. Heureusement pour les oreilles, chaque fois, ça durait peu.

Combien de temps mirent-ils à franchir la distance qui les séparait ? Ce dut être assez long. Ils n'étaient timides ni l'un ni l'autre mais, elle, pas du tout encline à se lancer dans une aventure légère, et, lui, conscient que dans la situation où il se trouvait, le moindre mot, le moindre geste, pouvait avoir allure de goujaterie.

Je crois aussi que lorsqu'il était entré dans la maison comme jeune apprenti, avec ses manières frustes et ses mains noires de petit pâtre tarendolais à l'odeur de mouton, elle avait dû éprouver pour lui une affection amusée et maternelle, lui apprendre à se laver et à manger sa soupe sans faire trop de bruit.

Et lui, conscient qu'elle lui était supérieure dans tous les domaines, avait dû dès les premiers jours concevoir pour elle cette admiration qu'il lui manifesta même au-delà de la mort.

Mais en quelques années il était devenu un homme. Et en si peu d'années elle n'avait pas eu le temps de vieillir...

Dans une rue étroite, avec des voisins derrière les volets, tout se voit, tout se sait et tout se dit. La rue Jean-Pierre-André était entière aux aguets. Mais il n'y avait rien à voir et rien à dire...

Ce fut à la Grange, un dimanche de Pâques, qu'on comprit que quelque chose était né entre Marie et Henri. Il était d'usage, en ce jour de fête, de fermer la boulangerie à midi, et d'aller manger à la Grange le poulet et les oreillettes. Ce sont de merveilleux petits gâteaux, frits dans l'huile, minces et fragiles comme des pétales de coquelicots. On étale la pâte sur la table enfarinée, en roulant sur elle une bouteille. Quand elle est très mince, on la coupe en rectangles grands comme la main, qu'on étire encore en les prenant, jusqu'à ce qu'on voie le jour au travers. On les pose alors délicatement dans la poêle pleine d'huile bouillante, en prenant garde de ne pas se faire frire le bout des doigts. Ils sont cuits en quelques secondes, on les retire avec une écumoire, on les pose sur des plats, en pyramides, on les saupoudre de sucre. On en emplit parfois une corbeille, même deux, quand on doit être nombreux. C'est léger, parfumé, ça craque dans la bouche, ça n'existe plus... Quand je pris part à mon tour à la cérémonie de confection des oreillettes, mon rôle consistait à les sucrer. Et je les mangeais aussitôt, brûlantes. La corbeille restait vide, mon ventre s'emplissait...

Ce dimanche-là, ce jour de Pâques, Henri fut invité aussi à monter à la Grange. Il existait alors deux chemins (qui sont devenus routes) pour s'y rendre. Celui de Sauve, qui grimpait directement le flanc de la colline et ne pouvait être parcouru qu'à pied. Et celui des Antignans, qui était le chemin voiturier, plus aisé mais plus long.

Les deux garçons, Paul et Émile, étaient partis les premiers et arrivés depuis longtemps pour « aider » leur grand-mère à faire les oreillettes. Marie arriva la seconde. Elle était montée par Sauve, et apportait à sa mère un bouquet d'immortelles qu'elle avait cueillies en route. Elle dit qu'Henri était passé par les Antignans, c'était plus long, il arriverait un peu plus tard.

Il fut là peu de temps après. Il avait mis, l'innocent, une immortelle à sa boutonnière... Or tout le monde savait qu'on ne pouvait pas trouver d'immortelles du côté des Antignans. Elles ne poussaient que sur le chemin de Sauve. Ils avaient donc fait le chemin ensemble, et ne le disaient pas...

L'après-midi, Marie rassura son père. Oui, il y avait de l'affection entre elle et Henri. Mais il était bien jeune, il avait encore son service militaire à faire. Quand il reviendrait, s'ils étaient encore l'un et l'autre dans les mêmes dispositions, alors on verrait...

Et il partit faire son service. Il était dans son destin de toujours la quitter.

Il fut incorporé dans le génie, à Briançon. Pour deux ans. C'était long. C'était loin. Il écrivit. Marie lisait avec attendrissement et un peu de malice ses lettres à la grosse écriture penchée, pleines de fautes d'orthographe. Elle répondait. Il était son réconfort, car, de nouveau seule, elle était de nouveau, avec sa jeunesse superbe, une tentation pour l'ouvrier engagé. Elle en eut un qui déclara dans tout Nyons qu'il arriverait à ses fins avant un mois ou qu'il la plaquerait. Il la plaqua. Il partit un matin sans prévenir, sans avoir fait la fournée. Un confrère, M. Vidal, peut-être, ou M. Fauque, ou M. Teste, vint dépanner Marie, qui alla chercher, dans un village perdu au fond des montagnes, le seul ouvrier disponible dans la région. Il se nommait Lucien. Il bégayait. Il bégayait tellement que, pendant le temps où il travailla pour elle, elle ne comprit jamais ce qu'il voulait lui dire. Il commençait une phrase, elle écoutait, il n'y arrivait pas, il recommençait, elle s'impatientait, elle lui disait : « Écrivez-le-moi sur un papier !... » Elle était déjà partie ailleurs, à la cuisine, au magasin, elle avait toujours à faire...

Ce fut pendant le service militaire d'Henri que la boulangerie de la rue Gambetta fut mise en vente par son propriétaire. Marie l'acheta et déménagea.

Après un an, onze mois et seize jours de service, Henri fut libéré le 25 septembre 1909.

Ils s'étaient longuement attendus. Ils n'attendirent plus. Le 27 novembre, le maire de Nyons les maria.

Je naquis le 24 janvier 1911, dans la chambre du rez-de-chaussée de la rue Gambetta.

Il ne restait plus que trois ans et quelques mois avant la Grande Guerre.

Pendant sa troisième grossesse, Marie fut certaine que, cette fois, elle portait une fille. Et elle accoucha en plein hiver, en pleine nuit, d'un troisième garçon. Ce fut le Dr Bernard qui me reçut. Il était très grand. On m'a raconté qu'à l'effroi de ma mère et de la sage-femme, il me prit dans une de ses longues et larges mains et me souleva comme un fruit vers la lampe électrique, pour vérifier si j'étais bien constitué. On était chiche, alors, de lumière. Elle coûtait cher. Il ne devait pas y avoir plus de vingt-cinq bougies dans l'ampoule à filament de charbon de la chambre du rez-de-chaussée. Je me souviens de ces ampoules de mon enfance. Elles donnaient juste ce qu'il fallait de clarté pour qu'on pût vivre et travailler sans se cogner. Elles étaient surmontées d'un abat-jour délicat, en porcelaine blanche translucide, ondulé, pareil à un petit chapeau chinois. Je m'amusais parfois, dans une pièce obscure, à allumer, éteindre, allumer, éteindre, en regardant l'ampoule. C'était fascinant. Quand j'éteignais, le filament, qui dessinait dans sa coque de verre une spirale fragile, restait pendant une seconde ou deux rose clair, puis rouge foncé, signe fantastique, apostrophe de lumière suspendue à rien, qui s'évanouissait dans le noir.

La sage-femme me prit dans la main du docteur, et avec la rapidité de quelqu'un qui connaissait bien son métier, me lava, m'enveloppa dans une « couche » de coton fin taillée dans un drap très usé, puis dans des langes coupés dans des couvertures de coton et de laine, y ajouta un bavoir de dentelle, me coiffa d'un bonnet brodé et me donna enfin, ficelé comme saucisse, à ma mère qui me trouva beau comme un ange, et ne regretta plus la fille escamotée pour la troisième fois.

En réalité, les témoins m'ont affirmé que j'étais très laid, fripé et grimaçant, avec du poil sur les oreilles. Mon frère Émile m'a dit que, lorsqu'il me vit dans les bras de la sage-femme, il éprouva une grande frayeur, et crut que c'était elle qui m'avait fait, tant je lui ressemblais.

Il avait neuf ans, et à cet âge un enfant s'entendait encore dire qu'il était né dans un chou. Il commençait à connaître des bribes de vérité, par les chuchotements des copains à l'école, mais s'y mêlaient d'extravagants morceaux d'imagination Le fait que la sage-femme se trouvait là chaque fois, lors d'une naissance, créditait la légende que c'était elle qui faisait tous les enfants.

Quand on en voulait un, il fallait toujours aller chercher la sage-femme... Elle les « faisait » comment ? Le verbe « faire », par son imprécision, épaississait le mystère. On supposait bien qu'elle les sortait de son propre corps, mais de quelle façon, et par quel orifice ? On en discutait à voix basse sous le préau de l'école. C'était le nombril qui paraissait le plus vraisemblable. Il ne servait à rien d'autre..

C'était une très brave femme d'une cinquantaine d'années, aux muscles de bûcheron, avec une poitrine et un ventre rebondis, séparés l'un de l'autre par le cordon serré d'un tablier de pilou, noir à fleurettes blanches, qu'elle ne quittait jamais. D'un geste machinal, elle retroussait sans cesse les manches de son corsage gris sur ses avant-bras formidables. Ses mains étaient roses comme celles d'une lavandière.

Elle avait mis au monde la moitié de Nyons. Elle adorait ces petits qu'elle avait embrassés avant leurs propres mères, et quand elle en rencontrait un dans la rue, qui commençait à marcher tout seul, elle lui tendait les bras et l'appelait pour le serrer sur son vaste cœur. Mais en général l'interpellé s'enfuyait épouvanté par sa voix claironnante et ses moustaches. Elle en avait partout, sur la lèvre, au-dessus des yeux, noires, épineuses, et des bouquets frisés sur des verrues au menton et aux joues.

Il fallait, pour devenir sage-femme, connaître l'addition, la soustraction, la multiplication et la division, et la règle d'accord des participes, et suivre pendant deux ans des cours pratiques dans une maternité. Il fallait surtout avoir de la bonne humeur et de l'amour. Une sage-femme allait d'une maison à l'autre, connaissait l'intimité de toutes les femmes du bourg, et tous les grands lits conjugaux où l'on naissait et mourait. On faisait rarement appel au médecin. Après une demi-vie d'expérience, une sage-femme en savait plus qu'un docteur. Et elle avait des trucs pour aider l'accouchée. Surtout son humeur gaillarde et son optimisme. Si le Dr Bernard assista à ma naissance, ce ne fut pas parce qu'on avait besoin de lui, mais parce qu'il était le protecteur tutélaire et amical de la famille, une sorte de Jupiter médical bienveillant. On était totalement rassuré, contre tout, dès qu'il entrait dans la maison. Marie en était à son troisième enfant, Henri à son premier. Je pense que ce fut lui qui éprouva de l'inquiétude et le pria de venir.

Sa présence ne m'empêcha pas, sans doute par mimétisme, de ressembler, à la sortie, à la sage-femme qui veillait au grain. Par bonheur, cela s'arrangea vite et je devins un beau bébé. Mais un bébé hurlant. Ce fut vingt-cinq ans plus tard, quand je lus les livres du Dr Carton, que je compris pourquoi j'avais été un nourrisson qui rendait enragés la famille et le quartier par ses pleurs et ses cris perpétuels !

Ma mère, naturellement, me nourrissait. Au bout de quelques jours, elle eut un abcès à un sein. Elle fit appel à une voisine, qui avait accouché à peu près en même temps qu'elle, pour me donner un « demi-lait ». C'est-à-dire que je tétais alternativement une fois la voisine et une fois ma mère. Mais son deuxième sein eut à son tour un abcès, et elle dut cesser tout allaitement. Quant à la voisine, elle devait garder au moins un sein pour son propre enfant...

On descendit alors de la Grange une chèvre, qu'on installa dans la cour derrière la boulangerie, dans un petit cabanon, où se trouvaient déjà quelques poules et deux ou trois lapins. La chèvre, la Biquette, devint bientôt un personnage familier de la maison, et une grande copine de mon frère Émile. Et elle fut désormais ma seule source de nourriture. Comment buvais-je le lait de la Biquette ? A la cuillère, à la tasse, ou au biberon ? Je n'en sais rien. Le biberon existait déjà, mais si j'en crois la Grande Encyclopédie, imprimée en 1900, c'était un drôle d'instrument :

« Les biberons usuels se composent d'un vase en verre ou en cristal dont le goulot muni d'un bouchon est traversé par un tube de verre terminé par un tuyau flexible qui aboutit lui-même à un faux mamelon... On évitera les biberons fermés par un bouchon de liège ; les bouchons en corne, en ivoire ramolli ou en toute autre matière analogue seront préférés... »

Mais peu importe la façon dont je l'avalais, c'était le lait lui-même qui me déchaînait. Le lait de chèvre, en effet, est un aliment insuffisant pour un jeune enfant. Il lui manque une quantité de matériaux, sels minéraux, graisses animales, etc., qui sont fournis au nouveau-né par le lait maternel, et qui se trouvent en abondance dans le lait de vache. C'est un lait décalcifiant et dévitalisant, un lait de misère. Je pleurais parce que j'étais sous-nourri. Je criais parce que j'avais faim. Personne, évidemment, ne s'en doutait. Pour me calmer, par bonheur, on me donnait un quignon de bon pain, rassis, sur lequel je bavottais longuement et que je finissais par avaler, miette à miette, après l'avoir ramolli. Je pense que c'est le pain de mon père qui m'a sauvé.

Pourquoi ne m'a-t-on pas donné du lait de vache ?

Pour les Provençaux, la vache était un animal suspect, un peu effrayant, qui faisait de grosses bouses sales, qui se couvrait de mouches, agitait mollement une longue queue et regardait avec un œil idiot. Aucun paysan nyonsais n'en élevait, faute, d'ailleurs, de pâturage. Il y en avait cependant trois ou quatre à Nyons même, dans une étable, tout près de la boulangerie. Les Nyonsais considéraient leurs propriétaires, des gens du Nord, avec la même suspicion que leurs bestiaux. Les malheureuses bêtes, maigres, jamais nettoyées, ne voyaient la lumière du jour qu'une fois par semaine, quand leur petit berger, le fils de leur propriétaire, les conduisait jusqu'à un pré à demi sec où elles allaient tondre mélancoliquement quelques brins d'herbe râpeuse. Qui aurait osé faire boire de leur lait à un enfant ?

Tandis que la chèvre est méridionale comme la figue ou le thym. Elle ressemble aux enfants du pays. Elle est maigre, tout en os, elle grimpe sur les oliviers et sur les petits murs de pierre pour aller cueillir du bout des dents une feuille d'herbe rare. Elle est propre sans avoir besoin d'être nettoyée.

76

Les mouches ne se posent pas sur elle. Elle est délicate, refuse ce qu'on lui donne dans la main si l'odeur de la main ne lui plaît pas. Elle ne fait pas des bouses mais des chapelets de crottes sèches, moulées, qui ressemblent à des grains de café. On les nomme des « pètes ». Des « pètes » de chèvre. La maison Florent fabriquait une sorte de bonbons de réglisse vendus dans des boîtes rondes, que tous les enfants du Midi désignaient, à cause de leur forme et de leur couleur, sous le nom de « pètes de rats ». J'en ai mangé ma ration...

Le lait de la Biquette me décalcifia. Mes premières dents poussèrent cariées. Je lui dois d'avoir été toute ma vie un client des dentistes. Et peut-être aussi, une certaine fantaisie, aujourd'hui, dans mes vertèbres lombaires. Mais c'était une gentille chèvre. Elle regagna la Grange quand je fus sevré, et elle y mourut de vieillesse.

A Nyons, on tient toujours fermés les volets des fenêtres du rez-de-chaussée. A cause de la chaleur, bien sûr. A cause des voisines surtout. Elles sont si curieuses, qu'en passant elles se colleraient aux vitres et seraient capables de les traverser pour voir à l'intérieur. Les volets de la chambre où je suis né sont peints en bleu clair. Après une absence d'un demi-siècle, je me suis arrêté devant eux il y a peu de temps, pour les regarder. Malgré les couches successives de peinture, ils conservent la trace du coup de baïonnette que leur donna un soldat français, un soir de l'été 1918.

On traversait les derniers mois de la guerre, mais on ne le savait pas. Il y avait une éternité que les hommes étaient partis, et le nombre de ceux qui ne reviendraient jamais grandissait chaque jour. Toutes les familles étaient frappées. Il y avait des morts partout. Dans les fermes, les commerces, des femmes en deuil, exténuées et infatigables, avec une compétence et une énergie incroyables assuraient le travail masculin en plus de leurs tâches habituelles. Des hommes très vieux ou malades ou infirmes, tordus, les assistaient, avec des enfants. Dès que ceux-ci atteignaient l'adolescence, la guerre les aspirait. Mon frère aîné, Paul Achard, était déjà parti. Émile n'avait plus beaucoup de temps devant lui. L'autre Émile, mon cousin Paget, que j'aimais comme un grand frère, avait été tué. Il avait vingt ans.

Dans tous les départements, des trains apportaient des soldats blessés, couchés sur la paille des wagons à bestiaux. Dans les hôpitaux militaires, qui avaient poussé partout, on les soignait, on les recousait, on les guérissait, les infirmières les dorlotaient. C'était le paradis après l'enfer. Ceux qui avaient la chance de se voir amputer d'un membre étaient renvoyés chez eux définitivement. Les autres pouvaient encore servir. On leur accordait une permission de convalescence, puis ils devaient rejoindre leur corps ou une nouvelle unité en formation, et on les rejetait dans la guerre.

La guerre, pour moi, c'était LE FRONT : quelque part là-haut dans le Nord une sorte de frontière en pointillé, mouvante, dont j'avais vu le dessin dans un journal, et que les horribles Boches et les vaillants soldats français essayaient de faire avancer dans un sens ou dans l'autre en poussant dessus. Les morts, je ne savais pas ce que ça signifiait.

Pour les femmes, les vieux, les tordus restés « à l'arrière », le front c'était le lieu des batailles où leurs maris, leurs fils, leurs frères, les hommes les plus beaux et les plus vaillants de la France, se faisaient tuer pour empêcher les « hordes cruelles » de l'ennemi de submerger leur pays. Mais personne ne pouvait imaginer comment cela se passait. Les journaux illustrés éclataient d'actions héroïques, exaltaient le courage et le sacrifice. Aucun ne parlait de l'enfer de chaque instant, de la boue saignante des tranchées, du pilonnage perpétuel des corps et de la terre broyés ensemble, de l'horreur interminable et sans espoir que n'interrompait que l'horreur supplémentaire de l'attaque : sauter hors de l'abri pourri et précaire pour courir vers les mitrailleuses d'en face, qui tiraient.

Mon cousin Émile Paget vint une fois en permission avant d'être tué. La gare de Nyons était un terminus. La locomotive à charbon, noire, grasse, crachant fumée et vapeur, amenait deux fois par jour, vers midi et le soir, un train mixte d'une dizaine de wagons de voyageurs et de marchandises. On ne savait pas qui allait en descendre. Il y avait toujours, derrière la barrière basse qui séparait la place de la Gare du quai d'arrivée un groupe de femmes et quelques vieux qui attendaient. Avec des gosses qui jouaient au « chemin de fer », les coudes au corps imitant les bielles, la bouche soufflant comme la locomotive, « tch ! tch ! tch ! tch ! tch !... ».

Une mère criait :

— André ! Tu as pas fini de racler tes pieds ! Tu vois pas que tu les uses tes semelles, dis ?

On entendait au loin le vrai halètement du train

qui approchait. Les enfants couraient vers la barrière, grimpaient sur la barre inférieure, s'accrochaient aux montants, les femmes se pressaient derrière eux, les vieux restaient plus loin, moins impatients, plus sceptiques, fatigués. Qui allait descendre du train ? Ils hochaient la tête. La locomotive surgissait, passait le long du quai avec un bruit de forge et de vent et des lueurs rouges, s'arrêtait en poussant un grand soupir. Toutes les portières des wagons de bois s'ouvraient à la fois. Qui descendait ? Des femmes, des vieux, encore, avec leurs paquets et leurs paniers. Et puis tout à coup quelque chose de bleu : un soldat... Un autre, un autre, bardés de musettes et de bidons. On ne les reconnaissait pas tout de suite. Ils étaient barbus, ils étaient sales, ils étaient maigres, et leur regard était mort. Au bout de quelques secondes, des cris, des appels. A défaut d'un morceau de leur famille, il y avait toujours quelqu'un pour les accueillir et les accompagner. Un gosse leur prenait une main et marchait à leur côté, tout fier. Une femme en noir reculait dans l'ombre de la place. Son mari avait été tué, elle était sans nouvelle de son fils depuis des mois. Elle venait à tous les trains, tous les jours. Il n'était pas là, encore, ce soir. Elle reviendrait demain...

Debout sur sa terrasse, la mère Illy, la mère du charron, une vieille femme à la voix forte, toute ronde dans sa jupe noire, guettait les groupes revenant de la gare. Son œil perçant reconnaissait de loin le permissionnaire. Alors elle se tournait vers les quatre vents et elle criait son nom pour que ses parents et pour que ses amis, et tout le monde, sût tout de suite que le Monod, ou le Pez, ou le Girard, ou le Taulègne, était en train d'arriver. Un jour elle reconnut un permissionnaire de la famille Bœuf, et elle cria aux points cardinaux :

— Le Bœuf qui arrive ! Le Bœuf qui arrive !...

Et tout le quartier se mit à rigoler. Il en avait besoin.

Elle ne cria pas le nom de l'Émile Paget, car elle ne le vit pas passer.

Ce garçon superbe, qui depuis qu'il était au monde chantait et riait, et travaillait dans la ferme de ses parents avec le naturel et la joie d'un oiseau travaillant à son nid, avait été saisi d'un tel désarroi et d'une telle honte pour lui et pour les hommes, devant l'abominable où on l'avait plongé, qu'en revenant au pays il n'avait pas voulu se montrer. Assis, muet, dans un coin du compartiment, à l'arrêt il descendit à contre-voie et dévala le talus qui donne sur le chemin du cimetière. Il attendit là que tout le monde se fût dispersé. Il fit alors le tour de la gare, et au lieu de s'engager dans Nyons pour gagner sa ferme des Rieux, de l'autre côté du bourg, il traversa l'Aygue, remonta sur la route de Mirabel, passa devant « Port-Arthur », prit le chemin de la Citadelle et arriva chez lui par les champs.

Sa mère, qui était en train de préparer la soupe, l'entendit monter l'escalier de pierre, mit le nez à la vitre et vit arriver ce fantôme de désespoir. Elle dit « Mon Dieu ! », l'accueillit dans ses bras, en pleurant de joie et de peur. Son petit, ça son petit ? Ce n'était pas possible, qu'est-ce qu'on lui avait fait ? D'où il venait ?

Elle le fit manger, le coucha. Il dormit deux jours. Il se rasa et se lava de la tête aux pieds, près du robinet de la citerne. Les poux coulaient dans l'eau de savon. Sa mère fit bouillir ses draps et son linge dans la grande lessiveuse à cendres de bois, avec beaucoup d'eau de Javel. Il remit ses habits de paysan, alla sous la remise voir la grande charrette, posa sa main sur le brancard à l'endroit où le cuir du harnais avait usé la peinture et poli le bois de chêne, alla dans l'écurie voir Grisou, le grand mulet gris. Il leva la main pour le flatter et lui dire quelques mots d'amitié, mais sa main retomba et il ne dit rien.

Il ne visita pas sa terre. Il passa sa permission assis devant la maison, au soleil, sans rien dire. Son père n'osa pas lui poser de questions. Il ne fit pas un geste pour aider aux travaux de la ferme. Il n'était pas là...

Mon frère Émile vint le voir. C'était son copain. Ce fut le seul à qui il fit une confidence. Il lui dit :

— Je vais repartir, et je ne reviendrai pas. Là où je vais, on ne peut pas en revenir deux fois...

Sa mère était la sœur aînée de ma mère. Lydie Paget. Elle avait épousé César Paget, d'une autre famille Paget. Peut-être un cousin très éloigné.

Quand on vint lui apprendre la mort de son fils, César partit à grands pas dans sa campagne, en criant, puis gémissant : « Ils me l'ont tué ! Ils me l'ont tué !... » et en se frappant la tête avec ses poings. Il ne rentra qu'à la nuit. Il tremblait. Il ne cessa plus de trembler jusqu'à sa mort. C'était un grand paysan solide. Il survécut longtemps à son fils.

J'ai déjà raconté cela ailleurs, dans d'autres livres. C'est le genre de vérités qu'il faut raconter souvent, avec l'espoir qu'un jour elles ne soient plus que des souvenirs impossibles.

De l'autre côté de la rue Gambetta, presque en face de la boulangerie, se trouvait une série de remises dans lesquelles le père Coulet, avec ses ouvrières, se livrait à des activités de saison. Après les pluies de printemps, les femmes comptaient les coucarelles — les escargots — qu'il emballait et expédiait. On entendait les chocs légers des coquilles jetées une à une dans les corbeilles : toc, toc, toc, toc… A la saison des noix, elles cassaient les noix pour en tirer les cerneaux. Il fallait des mains légères pour ne pas les écraser. Le bruit était une sorte de crépitement continu, sur lequel flambaient les rires des ouvrières.

Elles se racontaient les potins de Nyons, et des histoires salées. Ça chauffait dans les remises, même quand ce n'était plus l'été.

En cet été 1918, les remises du rez-de-chaussée et l'atelier au-dessus étaient occupés par des soldats.

Ce qui restait d'un régiment d'infanterie était au repos à Nyons où on le complétait avec des permissionnaires, des rescapés, des blessés guéris d'autres unités. Quand il serait complet, il monterait au Front. Les soldats étaient répartis par petites unités dans tous les quartiers de la ville. J'avais lié amitié avec ceux de la rue Gambetta. Beaucoup avaient laissé chez eux des enfants de ma taille. En jouant avec moi c'était encore avec eux qu'ils jouaient.

Brusquement, un après-midi, Nyons apprit que le régiment allait partir. Le lendemain, à l'aube. Le bruit de la ville diminua. On se retenait de parler fort, de s'appeler. Comme dans la maison d'un malade perdu. Les soldats firent leurs adieux, dénouèrent les amitiés, coupèrent les amours courtes. Ils savaient où on les envoyait. Et de petits groupes de bleu horizon se mirent à rouler de café en café pour se soûler et oublier l'aube du lendemain. A Nyons, on ne buvait pas de vin dans les cafés. On pouvait en boire chez soi jusqu'à perdre conscience des choses, mais pas au café. C'était plus que vulgaire : honteux, dégradant. Même le bousas, qui ramassait les ordures, n'aurait pas bu un verre de vin rouge au café. Mais il en traînait un litre dans son tombereau. Au café, on buvait, selon l'heure, l'apéritif ou le digestif. Tournée après tournée, c'était terrible, ça ravageait l'intérieur de la tête comme une râpe tournante. On disait d'un de ces apéritifs que si on y plongeait le soir une pièce de deux sous en bronze, le lendemain matin elle brillait comme de l'or, et d'un autre que si on s'en servait comme de l'encre, on pouvait écrire dans du marbre. Ceux qui en buvaient étaient fiers. Plus résistants que le bronze ; plus durs que le marbre.

Vers la fin de l'après-midi, les soldats de la rue Gambetta étaient presque tous présents dans les remises, préparant leur départ, faisant le tri de ce qu'ils allaient abandonner. L'un d'eux possédait un appareil photo, un qui se pliait et qu'il pouvait mettre dans sa poche. Il voulut laisser aux amis du quartier un souvenir. Il fit descendre tous ses copains pour les photographier en groupe. Il nous donnerait la pellicule, mon frère Émile savait développer.

Je regardais, curieux, intéressé. Un des soldats m'appela :

— René ! Viens ! Viens te faire prendre la photo avec nous !...

Je fus submergé par une terreur totale. Je n'eus même pas la force de m'enfuir. Je criai : « Non ! », et me mis à pleurer, planté sur place, pétrifié, à sanglots énormes.

Ils éclatèrent tous de rire.

— Allez viens ! Tu as peur qu'on te mange ?

Ma mère et Nini, ma cousine, qui avait seize ans et aidait à la boulangerie, riaient aussi, me rassuraient, essayaient de me pousser vers le groupe qui attendait. Je résistais de toute la force de ma peur. Peur de quoi ? Je connaissais tous ces hommes, ils m'étaient familiers...

Après quelques minutes, enfin, je me calmai et me laissai convaincre. Je vins prendre place, encore plein de hoquets, au premier rang, debout entre deux soldats assis. Et le photographe appuya sur le bouton...

J'ai retrouvé cette photo, avec bien d'autres, dans l'album de Nini, devenue une dame âgée. Elle a gardé toutes les photos du passé. C'est elle qui m'a raconté la scène, que j'avais oubliée. Je n'ai reconnu aucun des hommes qui m'entouraient. Beaucoup d'entre eux n'avaient plus que quelques jours à vivre. Ils allaient être mis en travers de la ruée des armées allemandes qui, toutes forces déployées, lançaient une offensive destinée à balayer le Front et atteindre Paris. Autour de l'enfant effrayé, les soldats que regardait l'appareil photographique étaient déjà, pour la plupart, des morts...

Mais je me souviens bien de la scène du soir. Nous avions dîné, « soupé » comme on disait à Nyons, dans la petite cuisine derrière le magasin, ma mère, Nini et moi. Émile était à la Grange, le vieil ouvrier, un Nyonsais, était rentré chez lui. Le long jour d'été tirait à sa fin. Je n'aimais pas le moment d'aller me coucher. J'avais obtenu un moment de sursis et je tourbillonnais dans la rue, faisant des bruits avec la bouche et avec les pieds pour tenir éloignés les mystères du crépuscule. Debout sur le seuil du couloir, ma mère me regardait avec un sourire d'amour marqué de lassitude. Encore une journée, après tant de journées de solitude et de travail... Cela ne finirait donc jamais ? Elle était heureuse de la nuit qui s'annonçait. Un peu de repos... Nini, tranquillement, était en train de disposer devant la vitrine du magasin les volets de bois avec leurs crochets. Des petits cris endormis descendaient des nids d'hirondelles bâtis sous le bord du toit.

Un tumulte naquit en bas de la rue. Quatre ou

cinq soldats ivres venaient vers nous en donnant des coups de pied dans toutes les portes et en criant des injures aux civils, aux « embusqués ». Ils étaient déjà en tenue de départ, casque sur la tête et baïonnette au ceinturon.

Ma mère cria :

— René !

Elle bondit vers moi, me saisit, me catapulta dans le couloir, claqua la porte, courut aider Nini à placer les derniers volets du magasin.

— Vite ! Ils sont soûls !... Les pauvres...

En quelques secondes, la boulangerie était hermétiquement close, nous trois à l'intérieur. Les soldats s'arrêtèrent et se mirent à secouer et frapper les volets de la vitrine en criant des insultes et réclamant du pain.

— Y en a plus ! cria ma mère.

C'était vrai. Il ne restait plus une seule miche sur les planches du magasin. Mais voulaient-ils seulement du pain, ces hommes rendus à demi fous par le désespoir et l'alcool ? A l'intérieur de la boulangerie, se trouvaient deux femmes, seules avec un enfant.

Nini m'avait poussé dans la chambre et me serrait contre elle, toute tremblante. Moi j'étais intéressé. Ce qui se passait était extraordinaire. Cela sortait tout à fait de l'habituel paisible de la rue Gambetta. C'était la guerre, peut-être ?

Dans le magasin, ma mère essayait, à travers les vitres et le bois, d'engager le dialogue avec les hommes, de les convaincre qu'il n'y avait plus de pain, de les calmer. Son cœur était plein d'angoisse pour eux. Ils n'entendaient rien, ne voulaient rien entendre, ils essayaient d'ouvrir la porte du couloir, celle de la boutique, les frappaient avec leurs souliers ferrés, les ébranlaient de l'épaule, insultaient la putain de boulangère.

Il y eut un grand coup dans les volets de la chambre. Nini poussa un cri et me serra plus fort.

— Pourvu qu'ils tiennent !... Pourvu qu'ils tiennent !...

Elle parlait des volets...

Mais déjà les assaillants décrochaient, comme on dit en langage militaire, et poursuivaient plus loin leur route bruyante.

Quand je me réveillai, le lendemain matin, un petit attroupement se tenait sur le trottoir, devant ma fenêtre. Mme Girard, descendue de son premier étage, expliquait aux femmes du quartier tout ce qu'elle avait vu de son observatoire habituel.

— Et alors, y en a eu un qui a tiré sa baïonnette et vlan ! Il l'a plantée là !...

Son doigt montrait dans le bois du volet le trou laissé par la lame quadrangulaire. Un petit trou... Mais si le bois avait été de la chair...

En face, les grandes portes étaient ouvertes, les remises vides. Un peu de paille avait été entraînée par les pieds des soldats jusqu'au milieu de la rue. C'était tout ce qui restait d'eux.

J'avais trois ans quand mon père partit pour la guerre. Il eut la chance d'en revenir. Entier. Du moins en apparence. Il ne fut démobilisé qu'au début de 1919. Quand il rentra rue Gambetta, j'avais huit ans. Je ne le connaissais pas. Je l'avais vu deux ou trois fois, en permission.

On me parlait toute la journée de lui, mais il restait pour moi un parent éloigné, qui venait rarement en visite.

A son retour nous fîmes vite connaissance, nous étions faits pour nous entendre, il était aussi enfant que moi, et il aimait rire.

Étant boulanger, il avait été mobilisé dans le génie. Mais au lieu de l'occuper à faire du pain, on lui fit fabriquer des mines pour faire sauter les ouvrages ennemis. Après sa mort, j'ai trouvé dans ses papiers son vieux livret militaire tout usé contenant deux citations, et une croix de guerre avec deux étoiles de bronze. Il n'en avait jamais parlé à personne, ni porté le plus mince ruban.

Voici la première citation .

*Le colonel commandant le 12ᵉ régiment de cuirassiers
à pied cite à l'ordre du régiment :*

*le sapeur Barjavel, Henri, du 4ᵉ régiment du génie,
détachement de sapeurs cyclistes (6ᵉ D.C.) :*

*le 8 septembre 1917, s'est offert spontanément pour
l'exécution à brève échéance d'une reconnaissance dans
les lignes ennemies. Chargé, au cours de cette opération,
de la destruction des organisations ennemies, a accompli
sa mission avec un courage remarquable et secondé en
outre avec un dévouement absolu ses camarades des
groupes de combat.*

Le 14 septembre 1917
Le colonel commandant le
12ᵉ régiment de cuirassiers
Signé : d'Ablis de Gissac

Cuirassiers à pied, sapeurs à bicyclette…, c'est le
Voyage au bout de la nuit, toute l'absurdité héroïque
de la Grande Guerre. La deuxième citation, à
l'ordre de l'armée, concerne le détachement de
sapeurs cyclistes en son entier, et le qualifie de
détachement d'élite qui, « depuis 1914, s'impose à
l'admiration de tous par son travail acharné, son
intrépidité, sa *modestie…* ».

Modestes ? Ils l'étaient tous, ces héros en multitude, comment ne pas l'être quand le ciel à tout
moment vous tombe sur la tête ? Élysée, l'aîné des
enfants de Paul Paget, avait déjà la moustache grise
quand il fut mobilisé en 14. Il conduisait un camion

de munitions tiré par des chevaux, à l'arrière des lignes, quand un obus à longue portée lui tomba dessus. On ne retrouva rien des chevaux ni du camion ni du conducteur.

Ceux qui eurent la chance d'en revenir n'avaient pas envie de s'en vanter. Seulement d'oublier, si c'était possible.

Pendant que les hommes se faisaient hacher, que les femmes s'exténuaient, les petits enfants connaissaient le Paradis. Dès qu'ils atteignaient dix, douze ans, on commençait à leur confier des tâches de plus en plus sérieuses, mais en deçà, ils étaient les rois du monde. Plus de père pour ordonner et interdire, une mère occupée qui n'avait le temps de se pencher vers ses enfants que pour les embrasser, rapidement, avec un soupir. Et les rues et les places, vides, sans danger, un Far West pacifique à leur disposition.

Surtout, l'absence du père leur épargna d'être les spectateurs muets et traumatisés des querelles inévitables entre parents. Le père lointain était, au contraire, de la part de la mère, l'objet d'un culte verbal, mélange d'admiration, de crainte et de pitié, même s'ils avaient auparavant l'habitude de se battre à coups de poêle à frire. Cela le grandissait et le nimbait de lumière dans le cœur des enfants. Il était absent, inconnu et admirable, comme un dieu. Ainsi ai-je eu une enfance très heureuse, à cause de cette guerre abominable.

La maison était pleine de femmes. Les locataires, les voisines, les clientes. Et mes deux cousines,

Lydie et Nini, deux filles de ma tante Louise Vernet, sœur de ma mère, qui vinrent successivement aider celle-ci. Louise avait épousé un homme qui n'aimait que les chevaux et le jeu. Il disparaissait pendant de longues périodes, laissant sa femme sans argent, et ne revenant que pour lui faire un enfant. Louise, finalement, le quitta et retourna habiter à la Grange. Je l'ai connu vers la fin de sa vie. Cavalier déchu, il allait à pied d'un marché à l'autre pour y vendre une pommade miraculeuse. La tête ronde, le cheveu ras, les traits burinés, il avait l'air d'un Jean Valjean qui ne serait jamais devenu M. Madeleine. Sa pommade guérissait toutes les douleurs, les maux de ventre, les brûlures, les morsures de vipères, l'eczéma, les rhumatismes, et faisait repousser les cheveux... Pour montrer à quel point elle était excellente, il en étendait sur une large tartine de pain, et la mangeait.

Sa fille aînée, Lydie, fut la première à venir à la boulangerie après ma naissance, et eut le redoutable privilège de s'occuper de moi alors que j'étais un nourrisson furieux, gavé mais affamé, qui criait aux adultes qu'il avait besoin d'une autre nourriture. Mais ils ne parlaient pas la même langue que moi, et ne me comprenaient pas.

Quand je commençais à pleurer, ma mère disait à Lydie :

— Va le promener !...

Ma chère Lydie me posait dans le landau et partait sur l'avenue de la Gare. Je pleurais de plus en plus fort. Je devenais violet. Les voisines se penchaient sur moi au passage, pleines de commisération.

— Qu'est-ce qu'il a, le petit René ? C'est les dents qui lui poussent, déjà ?

— Je sais bien ce qu'il veut, disait Lydie.

Elle me sortait du landau et me prenait dans ses bras. Je me calmais aussitôt, ravi. Elle continuait sa promenade en me portant de son bras gauche et en poussant de sa main droite le landau...

Les enfants ne sont pas des paquets qu'on peut poser dans un coin. Une certaine pédiatrie hygiénique et imbécile veut qu'on laisse les nourrissons dans leur lit, couchés sur le ventre, et qu'on ne les en sorte que pour le biberon et la toilette. C'est monstrueux.

Un nouveau-né est un écorché vif. Il vient d'être arraché à la douceur et la sécurité du ventre maternel qui était le prolongement de lui-même. Il a besoin, un besoin absolu, vital, d'être de nouveau en contact avec du vivant, de la chaleur, du sang. Le sein était le grand consolateur non seulement par la nourriture qu'il dispensait, mais aussi par son contact chaleureux et doux avec les joues et les petites mains nues qui cherchent le monde. Le sein aujourd'hui a changé de fonction. Il n'est plus nourrissant mais seulement érotique, réservé aux mains de l'homme. En tant qu'homme je ne m'en plaindrai pas, mais comme j'en ai été privé, enfant !...

Faute de sein, le petit être humain éjecté du bonheur interne a besoin de sentir contre lui, même

95

à travers des vêtements, une présence et une chaleur charnelles. Les jeunes mères qu'on voit, aujourd'hui, à l'exemple des Africaines, porter leur bébé sur elles, maintenu contre leur dos ou leur poitrine par une écharpe, un harnais ou un sac, sont dans la vérité. Elles vont et viennent, font leurs courses, et l'enfant dort, un peu tordu, bienheureux, ballotté comme il l'était quand elle le portait dans son ventre, jouissant de la même présence et de la même tiédeur.

Un enfant qui veut être porté dans les bras n'est pas un enfant capricieux. Il exprime un besoin. Il réclame, et il a raison.

A l'heure où j'écris ces lignes, ma Lydie est devenue une dame très alerte de quatre-vingt-quatre ans, sèche et légère comme un brin de genêt, qui vit seule dans sa petite maison au soleil de Nyons, grimpe son escalier comme une chèvre, monte à l'échelle pour cueillir les figues dont elle fait une confiture divine, et règne sur un jardin fou où poussent mille sortes de plantes et de fleurs dans une liberté absolue.

Elle me quitta pour vivre sa vie, et épousa un cuisinier, Fernand Monge. Quand je « montai » à Paris, à l'âge de vingt-cinq ans, ils tenaient un petit restaurant rue de Tocqueville. Bonnes portions, cuisine saine et excellente, prix minimum. Le restaurant était toujours plein, mais le bénéfice maigre. J'allais parfois y manger un bifteck, quand mes poches étaient vides. Je ne peux pas dire que j'avais des fins de mois difficiles, car il n'y avait pas de fins de mois aux Éditions Denoël, dont j'étais le chef de fabrication. Denoël, éditeur génial et impécunieux, me donnait de l'argent quand il en avait, par petits morceaux. Je n'ai jamais su exactement ce que je gagnais. Ce n'était pas le Pérou... Mais Denoël était l'homme le plus intelligent que j'aie rencontré de ma vie. Travailler avec lui, bavarder avec lui la journée finie, c'était une joie et un enrichissement qu'aucune satisfaction pécuniaire n'aurait pu remplacer. Il a été assassiné le 2 décembre 1945. Qui l'a tué ? La police a conclu à un crime crapuleux. D'autres hypothèses étaient envisageables. Celle de la police paraît la plus plausible. Mais cela est une autre histoire.

Quand vinrent les restrictions de l'occupation, Fernand et Lydie se trouvèrent dans une situation intenable. Il fallait, ou bien servir à leurs clients de la purée de rutabagas à la sauce robinet, ou bien virer au marché noir et s'enrichir en engraissant les goinfres fortunés. Leur honnêteté professionnelle repoussait la première. Leur honnêteté tout court refusait la seconde. Ils avaient un petit jardin à Nyons. Ils s'y retirèrent, vécurent dans un cabanon pendant que Fernand bâtissait leur maison. Il ne cessa jamais d'y travailler, bien après qu'ils s'y furent installés. Il était sur le toit quand il prit un coup de froid fatal. Il avait quatre-vingt-deux ans.

Curieuse entreprise, d'écrire des souvenirs. On tire sur le fil, et on ne sait pas ce qui va en sortir. Comme ces illusionnistes qui extraient de leur bouche, suspendus en guirlande, une fleur, une lame de rasoir, une ampoule allumée, un petit lapin...

J'évoquais des nourrissons et me voilà parmi les octogénaires... Tirons le fil : voici de nouveau la boulangerie. Une treille surmonte le magasin, au ras des fenêtres du premier étage. D'énormes grappes de raisin y pendent. Pas tout à fait noir, rouge foncé. Je n'en ai plus jamais vu d'aussi grosses. Le tronc est aussi épais qu'une jambe d'homme. Il s'enfonce dans la terre par un trou dans le trottoir. Je suis assis à côté de lui, adossé au bas de la vitrine, et je lis. De l'autre côté de la rue, juste en face du magasin, se trouvent le hangar où l'on stocke les fagots pour chauffer le four, et le jardin ombragé d'un tilleul où poussent des salades et des giroflées. Dans le mur qui prolonge le hangar, le long du jardin, s'ouvre une porte qui donne dans une remise appartenant au bureau de tabac. Le bureau de tabac n'est pas seulement une boutique, c'est aussi une fonction, et c'est aussi un homme. On dit :

— Qu'est-ce qu'il fait, l'Étienne ?

— Vous saviez pas ? Il est bureau de tabac à Mirabel...

Ou bien :

— Vous savez pas qui je viens de voir ?

— ... ?

— Vous devinerez jamais ! La Clarisse !... Voui... Qui se promenait sur la route de Montélimar avec le bureau de tabac !...

— Pas possible?... Ce qu'il faut voir, quand même!... Après ce qu'elle a fait, moi j'oserais plus me montrer de ma vie!...

Ce qu'elle a fait, la Clarisse, n'a aucune importance. Il y a toujours quelqu'un qui a fait quelque chose qui provoque l'intérêt et l'indignation passionnés des commères. Et si ce qui a été fait n'est pas suffisant, elles en rajoutent. Elles sont deux ou trois par quartiers, parfois dans une seule rue, dont l'occupation principale est d'observer et commenter les vies privées. Dès qu'elles se rencontrent, le cancan jaillit entre elles comme l'étincelle entre les extrémités de deux fils électriques. Elles brûlent, déchirent, dévorent, elles se régalent. Cram-cram... La Clarisse? Plus de Clarisse...

J'ai été quelque peu leur victime à l'âge de quatorze ans, l'âge de mes amours passionnées et innocentes. J'étais Roméo mais je ne montais pas à l'échelle. Elles voyaient déjà la fille enceinte. Elle avait quinze ans. Je me promenais avec elle en lui tenant la main. Elles mesuraient de l'œil son tour de taille... C'est un peu à cause d'elles que j'ai dû quitter Nyons pour devenir pensionnaire au collège de Cusset. Je devrais leur en être reconnaissant, car mon séjour dans ce collège, comme élève puis comme pion, sous la direction du principal Abel Boisselier, le chef d'établissement le plus extraordinaire que l'Université française ait jamais connu, fut pour moi comme le séjour d'un bulbe dans un sable tiède, ensoleillé et arrosé d'engrais, d'où j'allais jaillir à dix-huit ans, plus averti mais toujours aussi tendre, vers le grand ciel de l'amour et de la vie.

Je n'ai évité aucun piège. Je me suis jeté dedans avec un appétit et une naïveté d'agneau. J'ai été très heureux et très malheureux. S'il fallait recommencer... Non, je crois qu'aujourd'hui j'aurais peur.

Le bureau de tabac de Nyons, celui de notre quartier, était aussi marchand de journaux. Sa boutique était pour moi le palais des enchantements, la merveille des merveilles. Sur une table, à l'intérieur, s'étalaient tous les illustrés qui ouvraient les portes de mon univers de rêve : *Le Cri-Cri*, *L'Épatant* qui publiait les aventures des Pieds Nickelés, *Le Petit Illustré*, *L'Intrépide* où étaient relatés les exploits d'Iko Térouka, détective japonais, *La Croix d'Honneur*, spécialisée dans les actions héroïques des soldats français. Je préférais les Pieds Nickelés et Iko Térouka... Et puis les grands formats, *Les Belles Images* et *La Jeunesse illustrée,* et puis les illustrés pour les filles avec *Bécassine* et *Lisette.* C'est dans *Les Belles Images* ou *La Jeunesse illustrée* que j'ai fait, avant de connaître Jules Verne ou Wells, mon premier voyage dans la Lune. Je ne me rappelle plus ses péripéties, mais j'ai encore au fond de l'œil l'image des personnages dessinés, avec leur grosse tête rose.

En revanche, je ne me souviens pas du tout du visage du bureau de tabac. Je ne sais même plus si c'était un homme ou une femme. Dès que j'entrais dans sa boutique, l'étalage des illustrés avalait mon regard, je ne voyais rien d'autre, le monde réel disparaissait, chassé par le monde imaginaire. Je retournais à la boulangerie à pas lents, le nez dans le magazine, le cœur dans la Lune, me heurtant aux passants et aux troncs des platanes.

Une nuit le tocsin sonna. Ce n'est pas pour si peu que je me serais réveillé. Mais la maison, le quartier, s'emplirent de bruits, on claquait des portes, on courait dans la rue, on s'interpellait, on criait, et je sortis du sommeil pour entendre des exclamations, toutes centrées autour d'un maître mot effrayant : le feu.

— Au feu ! Y a le feu ! Chez Farnier ! C'est la scierie qui brûle... Au feu !

Et l'excitation de la curiosité :

— Vous venez, voir ?... Moi j'y vais !...

Et j'y fus aussi. Hâtivement habillé, me cramponnant par ma main crispée à la main d'Émile, ou de Nini, ou de ma mère, je ne sais plus, je me retrouvai marchant dans la rue Gambetta, la tête levée pour regarder le ciel rouge.

La scierie des frères Farnier, je la connaissais bien. Elle se situait non loin de chez nous, sur le chemin de la Digue, à droite en descendant, derrière la maison d'Illy. C'était une sorte de hangar de bois isolé par des jardins et qui me paraissait immense. Il abritait des pyramides de troncs d'arbres, des piles de planches, des vagues de copeaux, des mares de sciure. J'allais parfois voir fonctionner la fascinante scie à ruban, qui coupait des tartines de bois, dans un bruit hurlant et une odeur de chair végétale, comparable à l'odeur des fruits et du miel. Elle donnait envie de manger de l'arbre.

Farnier l'aîné — les plus jeunes étaient à la guerre — avait une longue barbe jaune, et je m'étonnais qu'elle ne se fût jamais prise dans le ruban de la scie, qui en aurait fait des vermicelles.

En sortant de la boulangerie je vis le ciel brûler au-dessus du toit d'Illy. Des langues de flammes montaient à l'assaut du noir de la nuit. Les visages des gens qui couraient dans la rue étaient éclairés en rose.

Je lâchai la main à laquelle je me tenais et me mis à courir aussi. Tout le quartier courait. Les femmes avaient enfilé leur jupe grise et leur caraco pardessus leur chemise de nuit. Beaucoup d'entre elles emportaient un seau. En attendant l'arrivée de la pompe il fallait faire la chaîne. Et ces seaux qui couraient faisaient au bout de leur anse un bruit de fer qui répondait au tocsin fêlé de la cloche de l'église.

Quand j'arrivai au feu je ne le vis d'abord que par-dessus les têtes des curieux qui composaient à distance une muraille prudente. Mais je me faufilai et fus vite devant. Tout le bâtiment flambait. C'était beau. C'était magnifique. C'était fantastique. Voilà pourquoi on fait tant de films de guerre et de films-catastrophe : il n'y a pas de spectacle plus grandiose que celui de la destruction brutale, par le feu et l'explosion, des édifices que les mains des hommes ont eu tant de peine à dresser dans leur équilibre...

La chaîne était déjà organisée et fonctionnait à plein. A son extrémité, une femme puisait l'eau avec un seau dans le canal d'arrosage, passait le seau à sa voisine qui le passait à son tour... Il y avait quelques vieux hommes parmi les femmes. Ils fatiguaient plus vite. Les seaux se succédaient sans arrêt. Ils éclaboussaient tout le long du trajet les jupes, les pantalons et les pieds, ils arrivaient à moitié vides au bout de la chaîne. La dernière femme, une grande en noir, saisissait le seau et en lançait le contenu en direction du feu. Elle ne pouvait pas s'approcher, ça chauffait trop. L'eau tombait à mi-chemin. Ça ne servait à rien. C'était la bonne volonté. Une seconde chaîne convoyait les seaux vides vers le canal.

On entendit dans un grand bruit la pompe arriver, tirée par un vieux cheval maigre qui trottait, il ne pouvait pas faire mieux, les beaux chevaux vaillants avaient été mobilisés, comme leurs maîtres. Celui-là était tout gris, avec les pieds et les genoux jaunes. Les quatre pompiers étaient assis deux par deux de chaque côté de la pompe, en civil avec leur casque doré bien brillant sur la tête. Ils avaient plus de deux cents ans à eux quatre. Ils sautaient à chaque cahot des roues de fer sur les cailloux.

On leur fit place, on les aida, on déroula les tuyaux, des femmes se mirent avec eux à pomper : il fallait être quatre de chaque côté pour manœuvrer le balancier. Le plus ancien des pompiers coinça sous son bras le grand nez de cuivre du tuyau et courut en direction du feu. Il s'arrêta quand son visage commença à cuire, et brandit la lance vers le foyer. Un jet en sortit, crachota, s'arrêta, reprit, s'élança, et s'enfonça dans les flammes comme une épingle dans un édredon rouge. Et j'eus l'impression que l'eau brûlait...

Les murs de bois et le toit s'écroulèrent ensemble, dans un bouquet final de flammes et d'étincelles. Il n'y eut plus, sur le sol, qu'une grande surface de braise dont le pompier commença à arroser le bord...

Je fus long à me rendormir. Il me semblait voir danser des vagues de feu sur les murs de ma chambre. Je pensais aussi au canal, où les seaux de la chaîne puis le tuyau des pompiers avaient puisé l'eau. C'était un endroit dont je ne m'approchais qu'avec crainte. Large d'environ un mètre cinquante ou deux mètres, il charriait lentement une eau sombre et qui me paraissait sans fond. A proximité du petit pont où le chemin de la Digue le franchissait, une énorme araignée avait tissé entre ses deux parois une toile grande comme un drap de lit. Elle y prenait les libellules. Jaune, verte et noire, elle restait immobile au centre de son piège, effrayante, abominable. J'allais la voir, je lui jetais parfois un petit caillou ou un débris de bois, qui restaient collés à sa toile. Si je recommençais elle entrait en fureur et secouait toute sa voile comme une tempête. Je me sauvais en courant. Elle me criait sans doute des injures, mais nos oreilles ne sont pas faites pour entendre la voix des araignées.

Je me demandais si elle n'avait pas été cueillie par un seau ou aspirée par le tuyau et projetée dans les flammes où son énorme ventre jaune avait explosé... Je suis allé voir, le lendemain. Elle était toujours là. Elle avait raccommodé sa toile endommagée. Les fils neufs brillaient. Elle guettait de nouveau, dragon immobile, au centre de sa rosace, au-dessus de l'eau noire. Je crois qu'elle y est restée des années. Elle y est peut-être encore.

Un autre incendie mémorable fut celui de la Caroline.

La Caroline habitait une maison en ruine du quartier des Forts, l'enceinte médiévale du vieux Nyons, alors presque totalement abandonnée. A ses rues étroites et sombres, les Nyonsais avaient préféré le soleil des quartiers neufs. Ses maisons restaurées sont maintenant de nouveau vivantes. Les Forts sont devenus le quartier chic. Au temps de la Caroline ils n'abritaient — très mal — que quelques rares familles sans ressources, et des chiens maigres.

La Caroline faisait chaque matin le tour des poubelles avant le bousas. Poubelles, c'est beaucoup dire. Quelques ménagères utilisaient une caisse ou un vieux seau, mais la plupart faisaient tout simplement un tas devant leur porte. Un petit tas. On ne jetait rien. Pas même les épluchures. Il y avait toujours, dans une cour ou un jardin, un lapin pour les manger. Les vieux papiers étaient pliés et conservés pour servir de nouveau. Ma tante Truc, qui habitait au deuxième étage de la boulangerie, allait même jusqu'à les repasser. Elle repassait aussi les billets de banque et les timbres-poste qui servaient de monnaie. Elle me donnait parfois un billet d'un demi-franc, nettoyé, recollé, lissé par le fer, magnifique, en me disant : « Ne le dépense pas, surtout, garde-le ! »

... Dans les minutes qui suivaient, il tombait dans le tiroir-caisse du bureau de tabac, ou de la pâtisserie Dalein, qui lui faisait face. Chez Mme Dalein j'achetais des caramels, ou mon gâteau préféré : une allumette, faite d'une pâte feuilletée recouverte d'une croûte de sucre glace...

Les métiers de boulangers et pâtissiers étaient bien séparés. Les boulangers ne faisaient pas de gâteaux, à part les pognes et les brassadeaux, au moment de Pâques. Encore ne trouvait-on les brassadeaux que chez les boulangers catholiques, car il était d'usage d'en orner, avec des fruits confits de toutes couleurs, les branches de buis que les enfants allaient faire bénir à la grand-messe du dimanche des Rameaux. A la sortie de la messe ils mangeaient ce qui était comestible, et le rameau dépouillé était planté derrière un crucifix ou au coin d'un miroir, dans la chambre ou dans la salle à manger, d'où il répandait pendant un an sur la famille les bénédictions qu'il avait reçues à l'église.

Le rameau de l'année dernière n'allait pas au ordures. On le brûlait.

La Caroline était grande et maigre. Elle nous paraissait très vieille, à nous, les enfants, mais elle ne devait pas avoir dépassé quarante ans. Elle partait faire sa tournée avec un sac de jute sur l'épaule, et un long pique-feu. Elle portait des lunettes rafistolées avec du fil de fer, et parfois quelques garnements la suivaient en chantant :

> Caroline en bois
> Caroline en fer
> Caroline en fil de fer...

Elle les menaçait de son pique-feu. Ils s'enfuyaient, fiers d'avoir eu le courage de l'affronter, ravis d'avoir eu peur.

Elle ne ramassait que les chiffons. Sa tournée terminée, son sac était presque aussi plat qu'au départ. Qui aurait jeté des chiffons ? Le moindre morceau d'étoffe pouvait encore servir de « pétassou », c'est-à-dire de pièce à une jupe ou à un pantalon. Les pièces aux fesses ou aux genoux n'étaient pas des fleurs de snobisme comme celles des jeans délavés à l'eau de Javel par les garçons et des filles du temps présent, à qui rien ne manque. On les cousait solidement, par nécessité. On bouchait les trous, on renforçait les coins usés, on raccommodait, on reprisait, on rapiéçait, on rapetassait. Cela ne traduisait ni l'avarice ni la misère, mais le désir de faire durer le plus longtemps possible les vêtements, comme les instruments, les outils familiers, tout ce que des mains soigneuses utilisaient chaque jour de la vie.

C'est l'odeur qui alerta, en pleine nuit, le quartier du Foussat, en bordure des Forts. Ça sentait le brûlé... On remonta la piste en reniflant. On arriva chez la Caroline. On la trouva évanouie, à demi asphyxiée, dans la pièce unique où elle vivait, entre des murs croulants. Son « lit » brûlait. Son lit, c'était tout le sol de la pièce, sur lequel elle avait répandu, entassé, jour après jour, pendant des années, le contenu de son sac. Il y avait là un demi-mètre d'épaisseur, peut-être plus, de chiffons crasseux, de débris de hardes, de restes moisis, de rien-du-tout innommables, qui brûlaient sans flammes, comme de l'amadou, en répandant une puanteur atroce. La Caroline avait sans doute renversé, dans son sommeil, sa lampe ou sa bougie.

On la tira de là, on la transporta à l'hôpital, on éteignit le feu à grands seaux d'eau, mais l'odeur s'en répandit sur tout Nyons et dura plusieurs jours malgré le souffle du pontias qui essayait matin et soir de la balayer.

On ne revit plus la Caroline dans les rues. Le bousas resta seul à faire la tournée, mélancolique, à pas lents, sa pelle sur l'épaule, précédant son vieux cheval qui tirait un vieux tombereau. On les entendait venir de loin. Le bruit des roues. Le cheval s'arrêtait tout seul à chaque tas. Le bruit de la pelle qui raclait la chaussée. Puis ça repartait. Il faisait un quartier chaque jour. Il allait vider son tombereau je ne sais où. C'était des ordures ingrates. Il n'y avait pas de quoi engraisser la terre.

Le ou la bureau de tabac avait loué une remise qui s'ouvrait rue Madier-Montjeau, parallèle à la rue Gambetta. La remise communiquait par une petite porte avec notre jardin. Cette porte fermée me semblait un obstacle injuste et stupide à ma curiosité. Celle-ci me poussait à explorer toutes les planètes inconnues. Dans le hangar attenant au jardin, on entreposait les fagots qui servaient à chauffer le four. Je grimpais au sommet de leur montagne légère, je les déplaçais, m'entourais de murailles, me fabriquais un univers qui sentait la forêt sèche et la pinède. Dans le jardin lui-même, j'avais creusé un trou pour aller à la découverte du monde des taupes et des courtilières, ces étranges insectes qui ressemblent à des écrevisses et se font des chemins dans la terre. Mais je n'avais rencontré que des galeries vides et de longs vers roses, trop lents pour s'enfuir. La terre avait remplacé les bêtes dans mon intérêt : j'avais découvert sa vérité, différente de son apparence de surface. Grise et meuble au ras du sol, elle devenait jaune et serrée à un mètre de profondeur. J'espérais, en creusant davantage, lui trouver encore une autre couleur. J'avais taillé une paroi du trou en forme de siège, et quand il faisait très chaud j'y descendais pour lire au frais.

C'est dire si cette porte dans le mur du jardin excitait mon appétit d'inconnu. Elle n'avait pas de poignée, seulement un trou de serrure, à travers lequel je ne voyais que du noir. J'y introduisis et y essayai toutes les clefs qui traînaient dans les tiroirs de la maison. En vain. Je pris l'habitude de la pousser de la main chaque fois que je passais devant, espérant un miracle. Je me rendais souvent au fond du jardin, pour regarder les fourmis. Un muret surmonté d'un grillage séparait le jardin de la rue Madier-Montjeau. A la crête de ce muret, inlassablement, en une colonne jamais interrompue, passaient les fourmis.

Elles étaient de l'espèce qu'on nomme en Provence des « lève-cul ». Elles sont bicolores. Mais quand je me remémore leur multitude affairée, je ne parviens pas à me rappeler si elles ont la tête rouge et l'abdomen noir, ou le contraire. Rouge ou noir, leur abdomen est triangulaire, et quand on les excite elles le dressent à la verticale, menaçantes comme de minuscules scorpions. Mais c'est avec leurs mandibules qu'elles mordent, très efficacement. On s'en aperçoit quand on s'assied par inadvertance en un lieu qu'elles occupent ou traversent. Elles attaquent le premier morceau de peau nue qu'elles découvrent. A mon âge c'était les chevilles et les mollets. Elles s'y plantaient par la tête, le derrière en angle droit. Ce n'était pas terrible. Mais suffisant pour que je m'ôte leur espace vital. J'aimais bouleverser leur défilé au fond du jardin avec un brin de paille, et voir l'excitation et la colère se propager dans la colonne qui pour quelques instants se rompait, ses individus tourbillonnant sur toute la largeur du mur, le cul dressé, à la recherche de l'ennemi. L'alerte se calmait rapidement. On ne pouvait pas perdre son temps à une agitation vaine. La colonne se reformait et, me semblait-il, accélérait. Je n'ai jamais vu d'autres fourmis aussi pressées. Elles ne portaient rien, en se hâtant. D'où venaient-elles, où allaient-elles, si vivement ? Il y avait urgence. A quoi ?

Leur colonne avait quelques millimètres de largeur. Deux courants contraires l'animaient, de gauche à droite et de droite à gauche, non séparés en deux files comme chez les humains-automobiles, mais intimement mélangés dans leur opposition. Si bien que la course de chaque fourmi était faite d'une suite de zigzags, d'arrêts brusques et de démarrages secs, pour éviter les collisions. Parfois un frottis d'antennes, poignée de main au passage, mais pas le temps d'engager la conversation. On se téléphonera...

La colonne disparaissait d'un côté dans le jardin de M. Teste, juste sous le prunier reines-claudes, et de l'autre côté dans une crevasse du mur de la remise du bureau de tabac. Parfois je déposais, au milieu des coureuses, le cadavre d'une mouche ou d'un hanneton. Tout d'abord elles s'écartaient, contournaient l'obstacle sans le voir, elles n'avaient pas le temps, qu'est-ce que c'était ce machin qui tombait du ciel ? Il n'aurait pas pu tomber ailleurs ? Vite, vite... Puis, tout à coup, une d'elles semblaient buter dessus, s'arrêtait, le tâtait du bout des antennes et aussitôt l'attaquait à pleines mandibules. Trois secondes après elles étaient dix, vingt à tirailler la proie dans tous les sens, à la découper, la dépecer. Et je voyais la mouche s'en aller par morceaux, dans les deux directions, une patte à gauche, une aile à droite, comme une bannière transparente au-dessus d'un défilé. Ce qui ne me renseignait pas du tout sur l'emplacement de la fourmilière...

Je n'ai jamais su où elle était. Pendant toutes les années de mon enfance j'ai vu les fourmis passer au même endroit, se hâtant vers je ne savais quoi, je ne savais où. Elles continuent, peut-être, aujourd'hui.

Un jour, comme les autres jours, machinalement, en passant, j'ai poussé la porte fermée sur le mystère inviolable. Elle a cédé. Elle était ouverte... Les jours précédents elle était fermée, et ce jour-là elle était ouverte. Elle n'a plus jamais été fermée ensuite. Qui l'avait ouverte ? Je ne me suis même pas posé la question. Je ne pensais pas à l'intervention de quelqu'un, mais seulement à la porte. Elle *s'était* ouverte. Tout simplement.

J'ai jeté un coup d'œil pour voir s'il n'y avait personne et je suis entré.

Je n'étais pas un petit voleur. Je ne cherchais pas à prendre quelque chose. J'étais seulement, passionnément, curieux. Et je n'avais pas du tout la sensation, en entrant en un lieu qui n'appartenait pas à la famille, de commettre un acte répréhensible. Car, partout où il n'y avait personne, j'étais chez moi. La solitude était mon domicile, que je transportais autour de moi comme l'escargot sa coquille. En entrant dans la remise déserte du bureau de tabac, j'annexais une pièce nouvelle à ma demeure personnelle, à côté du trou-dans-le-jardin, de la chambre-en-haut-des-fagots, de la citadelle-sur-les-sacs-de-son.

Et dans ce lieu clos qui avait décidé un jour de s'ouvrir à moi, je découvris un trésor formidable, qui eut certainement une influence décisive sur ma formation et mon avenir.

La remise était un débarras. Une charrette à bras déglinguée levait vers le plafond ses brancards dont l'un était cassé, quelques caisses vides avaient été jetées dans un coin les unes sur les autres, un balai de sorgho usé jusqu'au manche s'appuyait au mur à côté d'un arrosoir rouillé mais...

Mais je vis tout de suite l'incroyable, l'inespéré, l'inimaginable : le long de la cloison de brique qui séparait la remise du hangar à fagots, des piles et des tas, croulants, abandonnés, de livres, de revues, d'illustrés, d'albums neufs ou fatigués... Tous les invendus du bureau de tabac... Un volume et un poids de lecture qui faisaient dix fois, vingt fois, mon propre poids et mon propre volume...

Mon émotion ? Imaginez une femme ayant soudain accès aux coffres de Cartier, et pouvant y prendre à pleines mains l'or, les diamants et les perles...

Il y avait aussi les rubis et les émeraudes des couvertures en couleurs, il y avait des années complètes de *Lectures pour tous* et de *Je sais tout,* des romans populaires : *Vierge et grand-mère* ou *Flétrie le soir de ses noces,* une foule de classiques en petites brochures, *Le Père Goriot, L'Homme qui rit,* Vigny et Musset, et *Le Cid* et *Iphigénie,* avec Nick Carter le grand détective, et les crimes du *Petit Journal* et le monde de *L'Illustration* et du *Journal des voyages.* Et les premiers numéros de *Sciences et Vie...*

J'en ai pris un échantillonnage, et je suis allé m'asseoir dans le trou-du-jardin. Et pendant des mois, peut-être plus d'un an, j'ai lu, j'ai lu, j'ai lu, sur les sacs, dans la terre ou au milieu des fagots. J'ai lu tout et n'importe quoi. Les romans sentimentaux m'ennuyaient, les grandes revues me passaient en grande partie au-dessus de la tête, mais je picorais partout, comme une poule qui fait son menu d'une graine, une sauterelle, un brin d'herbe, un escargot... J'ai emmagasiné en peu de temps une quantité et une diversité extraordinaires de bijoux et de clinquant. Mais la pacotille aussi reflétait la lumière.

Je n'avais personne pour diriger mes lectures. Et je pense que ce fut bien. L'essentiel est de lire beaucoup. N'importe quoi. Ce qu'on a envie de lire. Le tri se fait après. Et même la mauvaise littérature est nourricière. La seule littérature stérilisante, la littérature prétentieuse, philosophisante, cuistre, est sans danger pour les enfants parce qu'ils ne peuvent pas pénétrer dedans. Ils la rejettent, comme ils tournent le bouton de la T.V. au moment des discours politiques. Ce sont des sages.

L'inépuisable trésor de la remise était beaucoup plus important pour moi que l'école. J'avais avec celle-ci des rapports difficiles. L'école, c'était les travaux forcés, le bagne, l'horreur. Tant qu'il s'était agi de la maternelle, j'y allais gaiement. Elle était près de chez nous, et on y passait son temps à jouer. Il y avait bien sûr les séances de lecture, je m'étais très vite débrouillé, découvrant avec émerveillement le monde qui était caché derrière. Mais l'écriture... Vous vous en souvenez ? On commençait par des « bâtons ». Une ardoise, un crayon d'ardoise et ces rangées de petits bâtons qu'il fallait tracer, inclinés vers la droite, tous de la même longueur... Mon premier bâton descendait en courbe molle jusqu'au bas de l'ardoise, le deuxième s'envolait, le troisième se couchait... Impossible de les aligner. Ils me filaient au bout des doigts, s'installaient comme ils voulaient, trop longs ou trop courts, trop bas ou trop hauts, généralement tordus. Mon travail ressemblait vite au peuple des fourmis lève-cul dans un moment d'affolement. Je m'appliquais, je tirais la langue, je louchais, j'appuyais, je cassais le crayon, je rayais l'ardoise... Quel métier ! Pourquoi faut-il qu'il y ait des gens qui écrivent pour que d'autres puissent lire ? J'ai commencé bien jeune à souffrir avec l'écriture. Je continue.

Une des choses qui m'étonnèrent le plus, quand je quittai la Provence pour venir dans le « Nord », ce fut de voir des gens dans la rue quand il pleuvait. A Nyons, quand il commençait à pleuvoir, tout le monde courait, affolé, vers l'abri le plus proche, et parmi les gens qui avaient le bonheur d'être chez eux, personne ne sortait tant qu'il y avait une goutte d'eau en l'air...

Personne sauf les écoliers. Infortunés, obligés par le règlement et la discipline d'arriver à l'heure même par temps mouillé... Je disposais, pour me protéger, d'une pèlerine bleu marine, style chasseur alpin. Elle avait appartenu à mes frères et, au temps de la maternelle, elle me tombait aux chevilles. Parfois j'y abritais Simone Illy, une des filles du charron, qui avait mon âge. Plus petite que moi, elle y disparaissait entièrement. Seules ses chaussures dépassaient, et nous nous rendions ensemble, à quatre pieds, à la corvée des bâtons, dans la même tiédeur à odeur de laine, tandis que les éléments monstrueux crépitaient sur mon capuchon.

La pèlerine m'a suivi à la « grande école ». Des chevilles, elle m'est montée à mi-mollets, puis aux genoux. Je n'ai pas eu de petit frère, sans quoi elle aurait servi encore.

Aujourd'hui, au berceau, les filles portent déjà des culottes. Au début du siècle, au contraire, tous les enfants étaient en jupe. Avec une jupe et rien en dessous, les pipis, masculins ou féminins, ne posaient pas de problèmes. Les garçons n'obtenaient le droit à la culotte que longtemps après être devenus « propres ».

Léon Frapié, dans son roman *La Maternelle,* raconte l'inquiétude d'une jeune institutrice au moment où elle prend son poste et se trouve en face d'une assemblée remuante de bambins uniformément habillés de jupes.

— Mais comment distinguer les garçons des filles ? demande-t-elle à sa directrice.

Et la directrice répond :

— Vous n'avez qu'à les retourner...

J'ai sous les yeux une photo me représentant en robe, debout sur un guéridon dans l'atelier de pose de Ravel le photographe, notre voisin. Ce devait être ma robe du dimanche. Je me demande de quelle couleur elle était. Elle paraît sombre, mais elle a un col et des poignets de dentelle... Elle me descend au-dessous des genoux, surplombant de petites chaussettes blanches et des souliers montants blancs à lacets, avec les ganses bien faites. Les souliers devaient, eux aussi, provenir de mes frères, car ils paraissent nettement trop grands.

Malgré toutes ces afféteries qui devaient consoler ma mère de ne pas avoir de fille, j'avais bien l'air d'un garçon, avec de grosses mains et une bonne bouille ronde. Et aussi un regard terrifié qui louchait presque en fixant la grosse boîte avec un œil de verre, et le monsieur sous son drap noir.

Je suppose que cette photo fut faite en août 1914, à la déclaration de la guerre, pour que mon père pût la garder dans sa poche en partant. Le photographe partit aussi, et ne revint pas.

J'avais donc trois ans et demi. Je dus probablement avoir le droit à la culotte dans les mois qui suivirent. Mais ma mère laissa pousser mes cheveux, en attendant la fille qu'elle aurait peut-être quand mon père reviendrait de la guerre après avoir repoussé les affreux Boches et leur Kaiser moustachu, hordes barbares commandées par un nouveau Gengis Khan. La victoire ne tarderait guère. Dans quelques semaines, les hommes glorieux seraient de retour...

Mes cheveux, hélas, eurent tout le temps de pousser. Ils tombèrent sous le ciseau du coiffeur un triste jour de septembre 1917. Je me souviens de l'opération. J'étais assis sur une planche posée en travers des bras du fauteuil. Je regardais apparaître dans la glace un étrange personnage qui ne me ressemblait pas. Le coiffeur était un vieil homme qui tremblait. Avec ses doigts glacés, il m'avait enfoncé dans le col les bords d'une serviette blanche qui me grattait. Après les ciseaux vint la tondeuse. Elle était mal affûtée. Chaque fois qu'il l'écartait de mon crâne il m'arrachait deux ou trois cheveux. Je criais « aïe », il faisait « Tss !Tss ! » d'un ton agacé.

Nini, qui m'avait accompagné, ramassait, les larmes aux yeux, les longues mèches de mes cheveux sacrifiés. Elle en garde encore une aujourd'hui, dans une enveloppe, ornée d'une ganse de ruban bleu...

Je fus tondu « à la chien », c'est-à-dire ras partout, sauf une frangette d'un centimètre en haut du front. Je me regardais avec effarement dans le miroir. Je découvrais mes oreilles. J'avais l'air d'un pot avec deux anses. Le coiffeur me fit « pschtt... pschtt... pschtt... » sur la tête avec un vaporisateur : un peu de « sent-bon » pour consoler la victime. Une odeur affreuse. Je l'ai retrouvée, depuis, chez tous les coiffeurs. Si on ne se méfie pas, c'est toujours celle qu'ils choisissent quand on demande une friction. C'est le parfum « à la fougère ». Terrible. On ne peut s'en débarrasser que par un shampooing bien décapant. Pourquoi fougère ? Dans les bois, l'honnête fougère ne sent rien.

Chez les adultes mâles, la coiffure à la mode était alors la taille « à l'embusqué ». Un embusqué était un homme qui, par relations puissantes, ou parce qu'il était indispensable dans une usine, ou parce qu'il était vraiment malade, avait réussi à rester à l'arrière à ne pas partir pour le front de la tuerie. Pour la coiffure « à l'embusqué », on tirait et plaquait les cheveux sur le crâne, « en arrière du front ». Drôle...

La taille à la chien était obligatoire pour être admis à la grande école. A cause des poux. Cela ne m'empêcha pas d'en attraper deux ou trois fois. Ma

mère me frottait alors la tête au pétrole. Ils n'aimaient pas ça. Moi non plus.

Pendant les grandes vacances de 1921, que je
passai à la campagne, en compagnie de Nini et de
ma mère qu'on croyait convalescente, j'eus deux
grands copains chiens, un épagneul blanc et blond
nommé Tango, et un je-ne-sais-quoi énorme et noir
nommé Tokio. Celui-ci, affectueux comme une
montagne, me couvrait de pattes, d'oreilles et de
poils, et me faisait régulièrement cadeau de deux ou
trois de ses tiques. Les puces venaient de Tango,
plus distingué. Nini engueulait les chiens et me
nettoyait. C'était à recommencer le lendemain. Et
j'avais toujours, en plus, quelques piqûres de
moustiques ou de mouches que je grattais juqu'à les
écorcher. Je ne sais pourquoi on empêche toujours
les enfants de se gratter quand ils sont piqués et que
ça démange. Quand ça saigne, on a mal mais ça ne
démange plus.

Toutes les bêtes qui piquent pour se nourrir
m'ont toujours considéré comme un plat de choix.
Aujourd'hui encore, dès que je me promène à la
campagne ou en forêt, tous les bestiaux volants et
perçants à un kilomètre à la ronde se passent des
messages radio pour signaler mon arrivée, et je suis
bientôt entouré d'un nuage offensif de mouches et
de moustiques, des vibrions gros comme un pointillé, des hélicoptères aux pattes de cinq centimètres, des escadrilles de stukas à sirènes qui piquent
par six jusqu'au fond de mes oreilles, des mouches
mordorées, des bleues, des rouges, des inconnues,

des invraisemblables qui m'attendaient depuis un siècle... Si je m'assieds dans l'herbe s'y ajoutent les piqueurs sans ailes, qui sortent de dessous les pissenlis et les cailloux. Je ne peux pas me déshabiller, prendre un bain de soleil, ils ne me laisseraient que les os.

Pour les faire fuir, j'ai essayé l'extrait de citronnelle, et le liquide préventif que l'armée U.S.A. distribuait à ses soldats de la jungle d'Indochine. Ça pue et c'est inefficace. Je n'ai trouvé qu'une cuirasse. Merveilleuse. C'est l'huile-aux-7-vertus que fabrique Olenka de Veer en faisant macérer certaines fleurs sauvages dans l'huile d'olive. Non seulement elle calme instantanément douleur et démangeaison, mais si je m'en oins préventivement, je peux me promener n'importe où et me pencher vers les fleurs et les herbes avec mon appareil photo sans être agressé. Je suis un peu luisant, mais enfin délivré de l'angoisse des assiégés.

Aux environs de Pâques 1979, en tournée de repérage pour le tournage de *Tarendol,* je visitai un après-midi, en compagnie de ma filleule Paulette, fille de Nini, et de son mari Marius, un bastidon qu'ils possèdent près de Mirabel, et qui aurait pu servir de décor à une scène. C'était le début du printemps, après un hiver froid. Il faisait un temps merveilleux, à la fois frais et tiède, le thym commençait à fleurir, les insectes de l'année n'étaient pas éclos, et ceux de l'an passé dormaient encore leur hibernation. Du fond du coma, à un mètre sous terre, un d'eux me sentit passer. Son sommeil

127

explosa. Il jaillit du sol comme un missile. Je n'eus pas le temps de le voir ni de l'entendre. Je ne sais pas ce que c'était. Il m'a perforé sauvagement deux fois, au poignet. Il est rentré dans son trou, nourri pour une saison.

Je n'avais pas sur moi mon petit flacon d'huile miracle. Je suis rentré à Paris avec l'avant-bras comme un jambon.

Je suppose que pour tous ces piqueurs avides mon sang doit être quelque chose de particulièrement exquis. Caviar et foie gras, chateaubriand au poivre vert, œuf poché à la crème, millefeuille, tarte Tatin...

Je tiens ce sang de ma mère qui, comme moi, était assaillie par toutes les bestioles. Elle en est morte.

Il y eut, au mois de septembre, une série d'orages violents qui, venus du Rhône, remontaient la vallée de l'Aygues en fracassant leurs éclairs contre les premières montagnes, Gardegrosse, Essaillon, qui tentaient de les arrêter. Ils les noyaient sous un déluge de gouttes énormes et poursuivaient leur route pour aller s'écraser sur les massifs de l'est de la Drôme et des Hautes-Alpes. Cela dura plusieurs jours, puis le soleil revint. Les Nyonsais ressortirent de leurs maisons et regardèrent en l'air en pensant que le bleu était une couleur bien plus agréable que le gris.

Alors, toute cette eau qu'ils avaient vue passer de l'ouest à l'est dans le ciel, ils l'entendirent revenir de l'est à l'ouest, au ras de terre. L'Aygues grondait. Une eau jaune, boueuse, l'emplissait au ras de la Digue, tumultueuse, rapide, creusée d'énormes remous. Émile m'emmena voir ce rare spectacle. C'était impressionnant, démesuré. L'Aygues était devenu un fleuve. Un fleuve furieux aux muscles de géant. Je vis passer un arbre qui tournoyait, avec toutes ses branches, une meule de paille, un cochon gonflé. Cela faisait un bruit énorme qui devait s'entendre jusqu'en haut du Dévès. Il me semblait sentir sous mes pieds toute la terre trembler.

— Ça va être bon pour la pêche, me dit Émile. Demain, quand ça aura un peu baissé ! Là, tu vois, là où c'est calme... Les poissons viennent s'y mettre à l'abri...

Il me montrait un remous-tourbillon sous des arbres en surplomb, où l'eau semblait vouloir remonter à l'envers.

— Regarde ! Regarde ce gros !

Il criait, tout excité, et montrait du doigt quelque chose dans l'eau. J'écarquillais les yeux. Autant essayer de voir à travers un pot de moutarde.

— Tu m'emmèneras, à la pêche, avec toi, dis ?

Il me regarda du haut de ses quinze ans. Court silence, puis :

— Tu feras pas de bruit ?

— Non !...

— Bon... Je te ferai une ligne...

Lui se fit un filet. C'était, au bout d'une perche, deux branches en croix, dont les quatre extrémités étaient reliées par un vrai filet, qu'il avait déniché je ne sais où. La perche et les branches devaient bien peser une vingtaine de kilos. C'était du sport. L'Aygues avait à peine baissé. Et il grondait toujours aussi fort. J'aurais pu crier sans que les poissons risquent de m'entendre mais dès que j'ouvrais la bouche, Émile me disait :

130

— Chuut !...

Il plongeait son filet dans le remous, l'engin disparaissait dans l'eau boueuse, il l'y laissait quelques minutes, puis le retirait d'un mouvement aussi vif que son poids le permettait. Il ne ramenait que des feuilles, ou des débris de branches, ou rien du tout...

J'espérais avoir plus de chance que lui. Ma ligne se composait d'une ficelle fixée au bout d'une canne. L'autre extrémité de la ficelle était nouée autour d'un bouchon de bouteille, qui flottait sur l'eau. Émile n'avait pas voulu y ajouter un hameçon, de peur que je ne me blesse.

— Tu en as pas besoin !... Le poisson a faim : il mord le bouchon, ses dents restent coincées dedans, tu tires fort, il vole en l'air et il tombe sur la Digue. Mais il faut pas le rater !... Regarde bien ton bouchon... Le quitte pas des yeux !

J'ai bien regardé mon bouchon. J'en avais mal aux sourcils. J'en louchais. Je n'ai pas vu de poisson. J'étais déçu. Émile n'a rien pris non plus. Mais c'était une belle partie de pêche. Ce fut la seule de ma vie.

Et le 1er octobre arriva. Les cheveux coupés, j'étais prêt pour l'école. Ma mère me prit par la main, et nous traversâmes ensemble la moitié de Nyons. C'était l'exil. Après l'église catholique nous tournâmes à gauche et commençâmes à grimper dans une rue pavee, étroite, concave, au milieu de laquelle courait un ruisseau. Elle était bordée à droite par un grand mur, à gauche par des maisons taillées dans les anciens remparts. C'était la rue des Écoles, sinistre comme son nom.

Mon oncle Gustave, gendarme en retraite, frère aîné de mon grand-père Paget, habitait une des maisons de gauche. Il était mon parrain. Je me souviens de lui comme d'un géant. Pour m'embrasser, il me soulevait à deux mains à des altitudes qui me faisaient frémir, et me frottait le visage avec sa moustache et sa barbe, qu'il portait à la façon de l'empereur Napoléon III, sous lequel il avait servi. C'était un homme de fer, avec une voix de tonnerre. A quatre-vingt-trois ans, il fut malade pour la première fois. Les maisons des remparts étaient humides et sombres. Il y attrapa une sciatique contre laquelle il essaya de se battre. Il dut marcher avec une canne. Il s'obligeait à faire des promenades qui le torturaient. Parfois, à une attaque de douleur trop vive, il retroussait son pantalon, et, en jurant, plaçait sa jambe et son genou sous le jet glacé d'une borne-fontaine, qui, momentanément, le soulageait.

A ce traitement, il ne put bientôt plus sortir de son lit. Sa femme, menue et bien vieille, ne pouvait pas le bouger. Aller au seau hygiénique était toute une affaire. Et il fallait payer le médecin, les remèdes inefficaces. La retraite était mince et la S.S. n'existait pas.

Un après-midi, l'oncle Gustave envoya sa femme faire une course inutile à l'autre bout de Nyons, se traîna jusqu'à la soupente, y trouva une corde qu'il attacha à la poutre au-dessus de son lit, et se pendit, pour soulager sa femme autant que pour se soulager lui-même.

Dans les familles paysannes, ce genre de mort n'était pas rare. Quand un vieux était devenu totalement inutile, si une maladie le mettait à charge, il débarrassait la communauté. Il choisissait généralement la corde, parce que ça ne faisait pas de saleté. Et la corde n'était pas abîmée et pouvait encore servir pour la mule ou les fagots.

Les vieilles résistaient mieux. L'âge les desséchait plutôt qu'il ne les rendait malades. Et elles restaient toujours utiles, à de menues tâches au coin du feu.

134

Repriser les chaussettes, tricoter, éplucher les haricots. Tandis qu'un homme qui ne pouvait plus maîtriser un cheval ou manier un outil n'était plus bon à rien.

Il y eut trois suicides dans ma famille en deux générations. La moitié des mâles. Et je dois en ajouter un quatrième, de la génération suivante, qui se tua au pastis. Il en buvait jusqu'à tout oublier. Il mourut le foie éclaté.

Aucun suicide parmi les femmes. Elles étaient plus courageuses. Elles allaient jusqu'au bout de leurs peines.

Ce 1er octobre-là, quand je passai devant la maison de l'oncle Gustave, il l'avait déjà, définitivement, quittée.

Dans le mur qui longeait la rue à droite, une double grille de fer s'ouvrait sur un escalier gris. De l'autre bout de l'escalier, là-haut, coulait sur les marches la rumeur du monde étranger, abominable, vers lequel ma mère me conduisait. Des interpellations, des cris de jeux, des rires... Qui pouvait avoir le courage de rire en ces lieux ?

Nous débouchâmes dans la cour de l'école, immense et grise, d'où montaient les troncs des platanes. A gauche le bâtiment des classes, à droite le préau. Entre les deux, le tourbillon des garçons, les anciens, qui se connaissaient et se reconnaissaient, et commençaient déjà à se poursuivre, à la balle-chasseur, au voleur-gendarme. Les plus grands avaient tracé le rond où les toupies de chêne ou de buis, à pointe de fer, lancées avec une ficelle, se heurtaient, tournaient, chancelaient, roulaient hors des limites. Contre le mur du fond s'enga- geaient les parties de chicolet, qui se joue avec des noyaux d'abricots. C'est les billes des pauvres.

Je ne voyais de tout cela que l'agitation générale, menaçante, noyée de poussière, une sorte de mer sèche, en tempête, qui allait m'engloutir. Déjà je suffoquais, avec des sanglots gros comme les galets de l'Aygues en travers de la gorge.

Ma mère me présenta au maître de la classe où j'allais entrer, puis m'embrassa, et s'en fut vers l'escalier dans lequel je la vis s'enfoncer peu à peu. Quand sa tête eut disparu, je me sentis comme le naufragé qui voit s'effacer à l'horizon le navire qui aurait pu le sauver. J'étais seul, au milieu de garçons inconnus, gardés par des hommes sévères, en un lieu sinistre où j'allais être soumis à des obligations atroces. Le désespoir me submergea. Je courus vers un platane, m'y appuyai des deux avant-bras repliés, enfouis mon visage dans cet abri et me mis à pleurer... J'aurais voulu appeler au secours ! crier : « Maman ! Pourquoi m'as-tu aban- donné ? » Je n'osais pas. Je ne pouvais que m'abî- mer dans une immense désolation.

Je ne sais pas ce qui est advenu ensuite ce jour-là, mais pendant les quatre années que j'ai passées à l'école primaire, je ne me suis jamais consolé de la première heure.

Je fus un très mauvais élève. Je n'aimais pas ce qu'on me faisait faire. Le plus abominable était écrire. Sur un cahier. Avec un porte-plume en bois armé d'une plume « sergent-major » pointue comme une lance, qui crevait le papier et crachait des jets d'encre. Mon cahier était couvert de taches. Moi aussi.

Ensuite, compter. Quelques mois auparavant, j'avais entendu, par une fenêtre ouverte, un copain de la rue Gambetta, plus âgé que moi, faire ses devoirs en calculant à voix haute. Il disait « je pose six et je retien-z-un ».

Cette phrase m'avait paru fascinante, magique. Je savais compter jusqu'à dix, mais lui, il posait six. Il le posait où ? Et il retenait-z-un. Comment ? Avec ses doigts ? Une ficelle ?

Maintenant il n'y avait plus de mystère. Je faisais aussi des additions. Ou tout au moins j'essayais. Je posais six et je retenais-z-un. Mais quand je recommençais pour vérifier je posais sept ou quatre, et je retenais deux, ou rien du tout. Alors, pour masquer mon désarroi et ma honte, je cachais le chiffre inconstant sous un pâté.

Je mâchais le bout de mon porte-plume, j'avais les lèvres noires, j'essuyais mes doigts noirs à ma blouse noire, je tournais la page, j'allais recommencer sur une page neuve, toute blanche, elle allait m'aider, elle était belle... Elle ne le restait pas longtemps.

Après l'addition et la soustraction, il y eut le supplice des tables de multiplication. J'ai su très vite la table par 2. Mais la table par 3 m'emplit d'effarement. 3 fois 2, 6, je comprenais, c'était la même chose que 2 fois 3, 6. Mais 3 fois 3, 9...

Pourquoi ? Pourquoi 9, et pas 8 ? C'était comme ça. Il fallait le savoir. Pour le savoir, l'apprendre par cœur. C'est tout. Et plus loin il y avait le 4 fois 4, 16, qui était le comble de l'inexplicable. Et tout à fait au bout, l'himalaya d'horreur de la table par 9...

A cette gymnastique cérébrale inhumaine s'ajoutaient les départements. Plus de quatre-vingts ! Dont il fallait connaître les chefs-lieux, les sous-préfectures et les « autres-villes ».

Eure-et-Loir chef-lieu Chartres, sous-préfectures Dreux, Châteaudun, Nogent-le-Rotrou...

— Barjavel ! Eure-et-Loir ?

— Heu...

— Chef-lieu ?

— Heu... heu...

— Chef-lieu Cha... ? Cha... ?

— Chamonix...

— Voyons, voyons... Cha... Cha...

— Charenton !

Rire général. Je me rassieds, tout rouge. Mais pourquoi dois-je savoir l'Eure-et-Loir ? Où est l'Eure ? Où est l'Oir ? Quelque part là-haut dans le noir, ce n'est pas mon pays, ce n'est pas la rue Gambetta, la boulangerie et le jardin. Ce n'est pas la Lune des Belles-Images, c'est un tortillon quelque part entre d'autres tortillons sur une carte en couleurs dans le livre de géographie, je ne sais pas où, à gauche, à droite, en haut, en bas, l'est et l'ouest, je ne sais pas, je n'ai pas envie de savoir...

Les écoliers d'aujourd'hui apprennent-ils encore

les départements ? Ils doivent alors y ajouter le numéro, et peut-être le code postal du chef-lieu.

— Eure-et-Loir, numéro ?

— Heu...

Comme la vie est rendue difficile...

J'ai traversé ainsi les quatre classes, à la traîne, avec des cahiers écornés, des livres qui perdaient leurs feuilles et leur couverture. On ne me confiait que les épaves. Les livres neufs étaient pour les brillants élèves. L'année la plus terrible fut la dernière, chez le directeur de l'école, M. Roux. La plus supportable, l'année précédente, chez M. Richard. Celui-ci était un homme très doux, un veuf, malade, qui élevait une fille unique. Il portait une petite barbe grise, pointue. Je me souviens d'un jour où, en pleine classe, il nous dit de sortir tous, vite, vite ! Et comme nous ne nous pressions pas assez, il nous fit de grands gestes avec ses bras, nous poussant par signes vers la porte. Il ne pouvait plus parler. Étant toujours le dernier et toujours curieux, j'eus le temps, avant de sortir, de le voir tituber vers le poêle, soulever le couvercle, et vomir rouge dans les flammes.

Ce fut le premier de mes « enseignants » qui soupçonna que je n'étais pas idiot. Il disait à ma mère : « Il est intelligent, mais au lieu de travailler il regarde voler les mouches... »

C'était bien plus intéressant que l'Eure-et-Loir et la Marne-et-Mayenne...

M. Roux, le directeur, était un petit homme sec, toujours vêtu de gris. Sa réputation de sévérité était telle qu'on en tremblait trois classes à l'avance. Quand j'arrivai chez lui, il considéra de son devoir de me faire obtenir des résultats au moins moyens. Et il entreprit d'abord de me faire écrire selon les règles. Pour cela, il fallait allonger au maximum le pouce, l'index et le majeur, coincer le porte-plume entre les trois doigts et le faire mouvoir sans bouger la main, uniquement par flexion des doigts. Je serrais les dents, tous mes muscles se tétanisaient, je n'étais plus qu'une main crispée autour d'un cylindre de bois qui refusait d'obéir, comme un âne. Mon index glissait peu à peu en arrière, se pliait, ses deux grandes phalanges dessinant une tour Eiffel.

— Ton index ! criait M. Roux, debout à côté de moi. On dirait le pont Saint-Bénézet !...

C'est le pont d'Avignon, qui tombe tout droit dans le Rhône...

Exaspéré, il frappait ma table d'un grand coup de sa règle. Un réflexe de terreur allongeait mon index, la plume sergent-major s'enfonçait dans le cahier, répandant son sang noir dans six feuilles d'un seul coup...

Le directeur renonça. Il me mit à la dernière table, derrière tout le monde. Je n'étais pas bruyant, ni dissipé, mais il valait mieux que les autres ne me voient pas. J'étais un exemple décourageant.

Nous trouvions très normal qu'on eût fait du 14 juillet la fête nationale de la France : c'était le premier jour des vacances.

Le 13 juillet à quatre heures de l'après-midi, à la

140

sortie de la dernière classe, nous nous libérions de dix mois de contrainte par des hurlements de joie et par une chanson vengeresse :

> *Vivent les vacances !*
> *Que les poules dansent !*
> *Les cahiers au feu*
> *Et les maîtres au milieu !*

Je crois que je mélange. Le second vers appartient à une autre chanson, une comptine :

> *Demain c'est dimanche*
> *Que la poule danse,*
> *Demain c'est jeudi*
> *Que la poule fait son nid...*

Mais pourquoi les poules ne danseraient-elles pas pour célébrer les vacances ? C'est le jour ou jamais ! Allez, les poules ! Sur un pied ! Sur l'autre ! Toutes ensemble ! C'est la polka de la joie...

On notera qu'il n'était pas question, dans notre chanson révolutionnaire, de brûler les livres. Nous n'allions pas jusqu'à vouloir supprimer la science. Mais seulement qu'elle nous laissât en paix. Brûler les cahiers, c'était faire sauter les ponts par lesquels elle envahissait notre monde qui eût été sans elle uniquement celui des jeux.

Mais, bien entendu, nous ne brûlâmes jamais rien, pas même une simple feuille couverte de pâtés. Notre contestation restait verbale, et durait trois minutes, le temps de dévaler l'escalier en hurlant et de nous répandre sur les pavés de la rue des Écoles. Dix mètres plus loin c'était fini, nous avions tout oublié, les horribles journées étaient enfouies dans la cendre du passé. Devant nous s'ouvrait la route lumineuse des vacances et de la liberté.

J'ai pourtant si bien rêvé de ce feu libérateur, pendant les heures de ma morne bataille contre l'encre, le papier, les chiffres, les z-autres-villes, dans le silence et l'immobilité obligatoires, que je m'en souviens comme si je l'avais vu. Un grand feu rond à ras de terre, où les feuilles des cahiers se tordaient et flambaient. Et nous faisions la ronde autour en criant et chantant. Et le bas de nos blouses noires flambait autour de nos genoux. Nous les arrachions et les jetions dans les flammes...

Je n'ai jamais imaginé un de nos maîtres, même le plus terrible, le directeur, au milieu du feu. Nous n'avions aucune méchanceté dans nos cœurs.

Quand a éclaté Mai 68, je suis allé presque tous les jours au Quartier Latin, regarder. J'ai vu brûler non les cahiers mais les voitures. C'était pourtant bien du feu des écoliers qu'il s'agissait. Longtemps désiré, refoulé, comprimé, il avait éclaté d'un seul coup, exprimant la révolte de cent générations contre la discipline du savoir. Bien sûr, pour connaître, il faut apprendre. Mais arracher des enfants à leur activité normale qui est celle de l'agitation inutile et joyeuse, pour les enfermer entre quatre murs où pendant des années on leur empile dans le crâne des notions abstraites, c'est la torture la plus masochiste que l'homme ait inventée contre lui-même.

Le grand feu de Mai 68 était un sursaut de libération, et non un élan de révolution sociale, comme quelques-uns l'ont cru ou voulu le faire croire. La preuve est qu'il n'en est rien resté, qu'un peu de cendres.

Il ne restera peut-être rien de plus, un jour prochain, de notre civilisation. C'est le savoir appris à l'école qui a permis de l'édifier. Et il manque à ce savoir l'essentiel de la connaissance, qui est l'explication du monde, de la vie, le « pourquoi » de l'existence des êtres et des choses, de leur organisation tourbillonnante, des atomes aux univers, et en deçà et au-delà.

Le savoir des écoles se borne à enseigner le « comment ». C'est un savoir éparpillé, sans unité et sans direction. Ce n'est pas un chemin qui conduit vers le sommet de la montagne d'où l'on pourra voir l'horizon et comprendre dans tous ses détails l'ordonnance du paysage, c'est une plaine de sable dont on propose à l'homme d'étudier chaque grain. Ce savoir ne peut donner naissance qu'à une société de technique, sans sagesse et sans raison, aussi absurde et dangereuse dans son comportement qu'un camion-citerne lancé sans conducteur sur une autoroute en pente. En brûlant les voitures, les étudiants de Paris, de Tokyo, de Berlin et des universités américaines, avaient fait sans le savoir un choix symbolique.

Dans toutes les fermes autour de Nyons, et à Mirabel, Vinsobres, Venterol, et les autres villages chauds de la vallée de l'Aygues, on élevait des vers à soie. C'était un travail qui durait quelques semaines, en été, et apportait un peu d'argent liquide aux paysans, avec, au départ, une mise de fonds très modeste. Il suffisait d'acheter « de la graine », c'est-à-dire des œufs pondus par les papillons-bombyx et d'où allaient sortir les vers.

La graine, je l'ai vue arriver chez mon oncle des Rieux, par la poste, dans une petite boîte ronde à peine plus grande qu'une boîte de cachous, au couvercle percé de trous pour l'aération. Mon oncle César l'a ouverte, l'a secouée doucement pour examiner son contenu, qu'il m'a montré. C'était une multitude de petits grains ronds, de couleur brune. Cela ressemblait beaucoup aux graines de coquelicots. Mais vous n'avez jamais vu non plus de graines de coquelicots, bien sûr... Imaginez alors des petites sphères de la dimension d'un point qu'on met sur un i avec un bic un peu usé...

L'oncle César posa la boîte sur la cheminée, dans la tiédeur, et au bout de très peu de jours les œufs commencèrent à s'ouvrir. On les versa sur quelques feuilles de mûrier bien tendres. Un grouillement de vers minuscules — trois millimètres de vermicelle — sortit des graines et commença à manger...

Le ver à soie est une machine à dévorer. Aucun autre animal, même la vache qui passe son temps à brouter, ou l'éléphant dévastateur de savanes, n'est aussi obstinément et fabuleusement vorace que lui. Il doit, en quelques semaines, multiplier son poids et son volume au moins mille fois... Imaginez un nourrisson mis au monde au mois de juillet avec un poids de 4 kilos et qui devrait atteindre en août la taille d'un immeuble et le poids de 4 000 kilos ! Pour réussir ce tour de force, le rejeton du bombyx mange sans arrêt, nuit et jour. Et les paysans qui l'élèvent passent leur temps à lui fournir la nourriture, c'est-à-dire à éplucher les mûriers, pour lui en apporter les feuilles toutes fraîches. Le mûrier est heureusement un arbre docile. S'il fallait lui arracher les feuilles une à une, l'élevage du ver serait impossible. On ferme la main à la base d'un rameau, on la fait glisser vivement jusqu'à l'extrémité, et toutes les feuilles viennent, formant un bouquet vert dans les doigts. On les jette dans un sac béant qu'on porte devant soi, attaché à la taille, et on continue, très vite, car les vers n'attendent pas.

Ils mangent, mangent, mangent, et grandissent.

146

Ils tenaient d'abord sur une serviette, ils ont occupé rapidement une canisse puis cinq, puis dix, ils envahissent la maison pièce après pièce. La mastication de leur multitude fait un bruit d'averse douce, ininterrompue.

Ils cessent quatre fois de manger. Les trois premières fois pour changer de peau, la quatrième parce que leur tâche est terminée. Ils ne baissent plus leur tête vers la feuille, ils la lèvent, en quête d'un endroit où grimper. On voit les milliers de têtes dressées osciller dans tous les sens, à la recherche de leur destin. Un peuple va changer de forme...

On plante dans les canisses des branches de genêts. Les vers y montent sans hâte, et chacun commence à y tisser une toile au centre de laquelle, bientôt, prend forme le cocon dans lequel il s'enferme. Le silence remplace le bruit de pluie. Le ver s'est coupé du monde. Dans le secret de sa cellule close, il subit la plus étrange transformation du règne animal, qui va finalement lui donner des ailes.

Et dans toutes les fermes de la vallée, les cocons sont « mûrs » en même temps. C'est-à-dire que le ver a fini de filer et qu'il s'est endormi sous sa forme de chrysalide. Alors on arrache les cocons aux branches et on les porte au marché.

Le marché aux cocons de Nyons rassemblait les produits de tous les villages environnants. Il se tenait place Carnot, au grand soleil. C'était nécessaire pour juger de la couleur.

Chaque paysan apportait sa récolte dans un

« bourras », un grand carré de toile de jute dont les quatre coins étaient rassemblés et noués ensemble. Il posait son bourras à terre, défaisait le nœud et étalait la toile, sur laquelle les cocons formaient une colline d'or.

Toute la place était tapissée de soie. Chaque récolte avait une teinte différente. Les nuances multiples de l'or flambaient dans le soleil, depuis le jaune de la paille jusqu'au roux de la braise. Il me semblait que la lumière et la chaleur du ciel s'étaient rassemblées pour se poser là, sur la place au milieu de Nyons. Je suivais les marchands qui passaient entre les bourras et jugeaient de l'œil avant de discuter. Ils étaient peu nombreux. Ils représentaient des fabriques de soie. Ils étaient vêtus de sombre, avec des chapeaux de la ville, et une sacoche sur le ventre, pleine de billets. Les vieux paysans, avec leur blouse bleue, et les paysannes grises, les regardaient avec inquiétude : ils se penchaient, ils tâtaient un cocon, ils faisaient une grimace, ils allaient marchander...

Une rumeur troubla le marché. Je l'entendis... Je quittai aussitôt la place Carnot et courus de toutes mes forces vers la boulangerie. J'entrai dans le magasin en criant : « Un aréoplane ! Y a un aréoplane !... »

— On dit un *aéro*plane, corrigea Émile. Où c'est qu'il est ?

— A Saint-Maurice !... Il s'est posé dans un pré ! La maman du Maurice Bonnet l'a vu !

Saint-Maurice était au moins à dix kilomètres ! Émile dit :

— J'y vais !

Et il sauta sur son vélo. Ma mère lui cria :

— Emmène le René !...

J'avais une bicyclette d'enfant, aux roues à peine plus grandes que des poêles à frire. Je l'enfourchai, fou d'excitation. Un aréoplane !... Non ! Un *aréo*plane !... Dix kilomètres...

Émile me poussa, me tira, je pédalais, je baissais la tête dans les descentes, je trépidais sur la route raboteuse, des jardinières nous dépassaient et nous jetaient de la poussière, nous transpirions, nous avancions, je reniflais ma sueur qui me coulait dans la bouche. Un aéroplane...

Il était posé dans un pré. Qu'il était beau ! Il avait deux ailes de chaque côté, superposées, et une hélice en bois par-devant, vernie, luisante. Deux gendarmes empêchaient les curieux d'approcher. Il en arrivait de toutes les directions, en voiture, à bicyclette, à pied. Ils faisaient cercle à distance respectueuse, comme autour d'un animal inconnu. Le sous-préfet de Nyons était venu. Il était à l'intérieur du cercle, derrière les ailes. Il avait mis son uniforme et son beau képi avec des feuilles brodées. Il parlait à un militaire en costume bleu : l'aviateur ! Il posa sa main plusieurs fois sur une aile, il la tapota comme on flatte l'encolure d'un cheval. Un mécanicien aux manches retroussées vint leur dire quelque chose, l'aviateur grimpa dans l'aéroplane et s'y enfonça jusqu'à la tête, le mécanicien saisit une pointe de l'hélice à deux mains et la tira d'un seul coup vers le sol, han ! Le moteur fit « pèt-pèt-prrrèt-pèt-pèt... pèt...pèt... » et se tut. L'hélice qui avait commencé à tourner s'arrêta. Le mécanicien recommença et le moteur enfin s'emballa. Mon cœur aussi. L'hélice était remplacée par un cercle de lumière miroitante, le moteur rugissait, l'herbe se couchait sous le vent, les marguerites dansaient, le képi du sous-préfet s'envola, il lui courut après, sa veste galonnée lui remontait aux oreilles, les gendarmes à grands gestes et avec des mots qu'on n'entendaient pas firent s'écarter la foule devant l'appareil. Allait-il s'envoler ? Allais-je voir un aéroplane quitter le sol et s'élever comme un oiseau ?...

... Non. Ce n'était qu'un essai... Le moteur se calma mais continua de tourner. L'aviateur descendit et revint, souriant, trouver le sous-préfet qui tenait solidement son képi à la main. Le vent essayait d'emporter ses cheveux. Ceux de l'aviateur, coupés plus court, voletaient. Ils avaient l'habitude.

Nous avons attendu longtemps puis nous sommes repartis. Le trajet a été au moins trois fois plus long que dans l'autre sens. Les kilomètres n'en finissaient pas. En poussant sur mes courtes pédales je rêvais qu'un jour je monterais dans un aéroplane et que je m'envolerais dans les nuages. C'était un rêve. Ce n'était pas possible. Ça n'arriverait jamais...

Je passais généralement mes vacances chez mon oncle César Paget, aux Rieux. Sa femme, ma tante Lydie, était la sœur aînée de ma mère. Ce fut un ange de douceur et d'amour. Elle a vécu une longue vie d'épreuves. Son fils tué à la guerre, son gendre et sa fille morts prématurément, lui laissant sa petite-fille à finir d'élever, son mari devenu presque impotent, et tout le travail de chaque jour et de chaque heure d'une paysanne qui a la maison à tenir, la cuisine à faire, les bêtes à soigner et nourrir et, en l'absence d'homme, la terre à mener. Elle n'a jamais laissé son chagrin déborder sur les autres. Elle ne voulait pas augmenter le leur, ou simplement les gêner. Elle ne pensait qu'à autrui, jamais à elle-même. Sa peine était enfouie en elle, au milieu de l'amour qu'elle portait aux siens, les morts et les vivants. Et de sa bouche ne sortaient que des paroles de douceur, de chaleur et d'accueil. Quand je lui ai présenté ma femme, en 1936, elle lui a souri et lui a ouvert les bras en disant : « Ma Belle France !... »

Oui, pour les Français de cette génération, les Français humbles, les Français qui travaillaient durement sur leur terre ou à leur établi, le mot France pouvait être un lumineux compliment. La France, pourtant, ne leur donnait rien, ni retraite ni sécurité, sociale ou non, ni allocations ni indemnités. Mais elle était. La France. Être français n'était pas une vanité idiote ou une revendication hargneuse. C'était une certitude, et une chaleur. Mon grand-père, ma mère, ma tante Lydie, étaient des Français de cette France-là.

Mon grand-père, paysan rude et droit. Ma mère, intelligence avide de savoir et d'action. Ma tante, claire comme le ciel de Nyons, douce comme son printemps, chaleureuse comme son soleil. Elle fut je crois, un de ces « saints qui s'ignorent » dont parle la tradition soufie :

« Il existe toujours sur terre quatre mille personnes qui sont des saints sans le savoir... Des âmes loyales, douces, désintéressées, douées d'une intuition naturelle du bien et d'une inclination naturelle à le rechercher, soutien et réconfort de ceux qui goûtent la bénédiction de leur compagnie, et qui lorsqu'elles s'en sont allés, sont peut-être canonisées dans le cœur d'un ou deux qui les aimaient... »

Dans le mien, oui.

La tradition soufie affirme que ces saints qui s'ignorent influent sans le savoir sur l'évolution du monde. Je le crois. Ma tante Lydie n'a jamais quitté son pays ni sa maison. Elle parlait peu, elle ne faisait

pas la morale, elle ne conseillait pas, elle ne jugeait
pas. Elle aimait. Doucement. En souriant. Pendant
toute la durée de sa vie, à chaque instant, elle a
donné et n'a rien pris. Je crois qu'elle a, sans le
savoir, sans le vouloir, tiré un peu le monde du côté
de la lumière. Mais ceux qui tirent de l'autre côté,
par ignorance plus que par mauvais vouloir, sont
innombrables.

L'histoire de sa naissance est restée célèbre dans
la famille. L'accouchement, survenu à huit mois,
avait été long et difficile. L'enfant né réagit pas aux
tapes sur les fesses et ne respira pas. La sage-femme
coupa le cordon et, ayant à s'occuper d'urgence de
la mère, posa le petit corps, qu'elle considérait
comme mort-né, par terre, sur le carreau. On était
en février, le carreau était glacé, la petite morte se
mit à hurler.

Elle survécut quatre-vingt-six ans à cet incident.
Pour le bonheur de ceux qui ont vécu autour d'elle.

Son fils, Émile, fut tué à la guerre à vingt ans.
Son mari, César, ne s'en remit jamais. Il avait reçu
la nouvelle comme un coup sur la tête. Il ne pouvait
l'accepter. Il s'est battu pendant trente ans contre
cette évidence absurde. Il s'y cognait et s'y blessait
sans cesse. Il s'asseyait et gémissait : « Que je suis
mal ! Que je suis mal !... » Il tremblait.

Leur fille, Louise, fut ma marraine. Elle avait
hérité la douceur de sa mère, mais sa santé était
fragile. Elle se maria après la guerre avec un
rescapé. Ils moururent à quelques années d'inter-

valle, laissant une fille, Madeleine, qui a eu à son tour des filles, qui ont aujourd'hui des enfants...

Je compte sur mes doigts : cela fait la cinquième génération que je connais dans cette branche de la famille. Je ne suis pourtant pas centenaire... Si le temps me laisse un peu de temps, j'en connaîtrai peut-être une sixième. La vie se dépêche...

Ma mère m'envoyait aux Rieux en vacances parce que je supportais mal la chaleur d'août dans la rue Gambetta. Le quartier des Rieux est un quartier rural de Nyons un peu élevé, au pied de la montagne Gardegrosse. Il fait face au nord, et un ruisseau, le Rieux, le traverse. Il y fait bon l'été.

La ferme de César Paget bordait la route. Deux bâtiments de pierre, modestes, vieux et solides. Ils sont toujours là. Il y avait aussi un grangeon contre le mur duquel poussait un grenadier. Les fleurs du grenadier sont rouges et lumineuses comme un mélange de sang et de soleil. On ne mangeait ses fruits que lorsque la pression de leurs grains juteux faisait éclater leur écorce.

A l'intérieur du grangeon on conservait les pommes sur des canisses, qu'on nomme en français des claies. On ne gardait que les pommes bien saines et bien mûres. C'est leur sucre qui les préserve. Au fil des mois elles se concentraient sur elles-mêmes, se ridaient, rapetissaient, mais restaient lourdes dans la main. Elles devenaient un condensé de parfum et de sucre. Quand, en plein été, je poussais la porte de bois du grangeon pour aller chercher un fruit de l'automne dernier, l'odeur qui m'accueillait, tiède,

154

fraîche, présente comme une voix qui dit doucement des mots tendres, était l'odeur même qui fit
succomber Ève, au Paradis. Elle emplissait la pièce,
me baignait de partout. J'avais l'impression d'entrer
dans un pommier. Je la respirais en fermant les
yeux, les mains ouvertes. Je devenais pomme.

De l'autre côté de la route, commençait un
sentier par lequel on descendait vers le Rieux. A
gauche du sentier poussait un poirier qui donnait
des poires un peu sauvages. Juste sous leur peau
verte et rose, elles avaient une sorte de sous-peau
rouge. Le reste de leur chair était couleur poire. A
la fois âpres et sucrées, juteuses, mais à peine moins
dures que les dents qui mordaient dedans, elles
semblaient faites en partie de gravier concassé. Ce
devait être la variété primitive dont on a obtenu les
passe-crassanes. L'oncle César les nommait des
« étrangle-belle-mère... ».

Il y avait aussi, mais je ne me rappelle plus où, un
arbre à kakis. On venait le voir au début de l'hiver,
quand il avait perdu toutes ses feuilles, gardant
accrochés à son squelette nu, sombre, presque noir,
tous ses fruits pareils à de grosses tomates mais
d'une couleur plus vive, presque orangée. Il avait
l'air saugrenu, mal à l'aise, venu d'une autre planète
sans connaître les usages de la Terre, où les arbres
bien élevés ne se déshabillent pas pour montrer
leurs appas.

C'était le moment de cueillir les kakis, avec
précautions. Ils finissaient de mûrir sur la paille. Ce
sont des fruits succulents, peu connus des Français.

On en trouve chez les marchands, qui viennent d'Italie. Il faut les choisir mous, presque translucides, leur peau commençant à se fendre sous leur propre poids. A manger très frais à la petite cuillère. Enfant, je n'étais pas si raffiné. Un kaki emplissait mes deux mains. J'y collais ma bouche et j'aspirais. Je m'en mettais jusqu'aux oreilles. C'est un fruit qui est sa propre confiture.

Et il y avait des cerisiers partout. Dont un qui poussait près d'un clapas (un tas de cailloux) et qui portait des cerises deux fois l'an. D'abord les premières, comme un cerisier honnête qui se hâte de fêter le printemps, puis des tardives, au mois d'août, sur une seule branche, quand tous les autres cerisiers étaient depuis longtemps exténués. Ces cerises inespérées, de la canicule, qui arrivaient au milieu des vacances sur une branche basse, juste à portée de ma main, me semblaient avoir été inventées exprès pour moi. Elles étaient petites, dures, douces, presque sans jus. Mais exquises par leur rareté.

Ma mère, Nini, et moi, avions la même passion des cerises. En juin nous allions en cueillir aux Rieux de pleins paniers, qui ne duraient guère.

Quand la paix revint, diverses maladies ravagèrent l'Europe, empoisonnée par les charniers du front. La plus grave fut la grippe espagnole qui fit presque autant de morts que les batailles. Cette fois parmi les femmes et les gens « de l'arrière ». Il y eut aussi quelques cas de maladie du sommeil, une maladie africaine qui n'aurait pas dû sévir sous nos climats, faute de la mouche tsé-tsé, qui la propage. Ce ne fut que trente ans plus tard qu'on prouva expérimentalement que le vulgaire taon de nos campagnes pouvait transporter le trypanosome. Celui-ci avait dû arriver en Europe dans le sang de quelques soldats sénégalais ou peut-être du bétail africain qui était arrivé avec eux. Cette maladie peu connue permettait aux journalistes de faire fonctionner leur imagination.

Un soir, à la boulangerie, alors que, le souper terminé, nous étions tous en train de piquer dans le panier de cerises rapporté des Rieux l'après-midi, mon frère aîné Paul lut à haute voix un entrefilet du *Progrès* qui racontait qu'un musicien viennois qui, atteint de la maladie africaine, « dormait depuis six mois », avait été guéri par un virtuose qui avait joué du violon à son chevet. Ma mère éclata de rire et dit : « Si ça m'arrive, il suffira de me promener des cerises au-dessus des yeux, et sûrement je me réveillerai... »

Ce fut quelques semaines plus tard, au début de l'été, que le mal la frappa.

Chaque page que j'écris me rapproche de ce jeudi terrible de l'été 1920, où la charrette bleue sortit de l'atelier d'Illy, tirée par un cheval superbe, et vint s'arrêter devant la boulangerie. Mais je n'en veux pas parler encore. Bonheurs de mon enfance, je veux m'attarder parmi vous, sans regrets, ni même mélancolie, mais avec l'émerveillement retrouvé des années neuves où je découvrais le monde des herbes, des fruits, des fleurs, des murs de pierres sèches qui n'étaient pas plus hauts que moi et dans les trous desquels nichaient les escargots séchés par l'été.

Par un après-midi très chaud, ayant glissé ma main au fond d'un trou où j'avais aperçu quelque chose que je pris pour un énorme escargot gris et jaune, je sentis sous mes doigts une surface lisse et froide qui se mit à bouger... Je retirai vivement ma main et regardai mieux : c'était une vipère, que j'avais sortie de sa torpeur de canicule, et qui se déroulait pour se glisser par une fente sombre, dans un abri plus sûr...

J'étais figé de peur.

Je ne parlai à personne de mon aventure. Ma mère ne m'aurait plus laissé revenir aux Rieux. Les vipères et le croup étaient les deux grandes terreurs des mères. Les vipères tuaient, l'été, les enfants curieux qui fouillaient dans l'herbe sèche des collines ou retournaient les pierres brûlées de soleil. Le croup tuait, l'hiver, les enfants dont on ne s'était pas assez soucié et qui « avaient pris froid » ! En se mouillant les pieds, par exemple.

Je ne pense pas qu'il y ait eu beaucoup de victimes. Je n'ai connu aucun cas précis. Mais on parlait souvent de ces deux dangers terribles. Même à l'école, dans le livre de lecture. Il y avait l'épisode du bûcheron héroïque qui, mordu au poignet par une vipère, réussissait à se sauver en fendant sa chair avec son couteau, en suçant et crachant le venin, puis en brûlant la plaie, toujours avec son couteau, rougi au feu. C'était pour nous enseigner ce qu'il fallait faire si jamais une vipère... Mais comment avoir le courage de me fendre le poignet avec la lame ébréchée de mon petit canif ?

L'épisode du croup racontait l'arrivée d'un médecin, en hiver, pendant une tempête de neige, dans une ferme isolée où un enfant agonisant étouffait, déjà violet, presque noir. Le médecin, sans prendre le temps de quitter sa jaquette ni son chapeau haut de forme, se précipitait vers le petit lit avec son scalpel, fendait la gorge du bébé, puis collait ses lèvres aux siennes et aspirait la membrane mortelle qui lui obstruait le gosier, et allait la cracher dans le feu de la cheminée.

C'était toujours le Dr Bernard que j'imaginais dans cette action, avec sa barbe noire, et l'idée qu'il pourrait me traiter de la même façon m'inspirait un effroi bien plus grand que le croup lui-même.

Ce qui me rassurait, c'était la « tempête de neige ». Une histoire pareille ne pouvait arriver que dans des pays lointains. Il n'y avait pas de neige à Nyons. Je n'en avais vu qu'une fois, je devais avoir cinq ou six ans...

Un après-midi d'hiver, du haut de mon refuge tiède au-dessus des sacs de son, je vis arriver, à travers la vitre, les premiers flocons. Dans l'air absolument calme ils tombaient avec lenteur. Ils étaient gros, légers, ils apportaient avec eux la blancheur et le silence d'un autre monde.

Un peu partout on s'exclamait : « C'est de la neige ! » « Il neige ! » On s'étonnait, on s'émerveillait. Nini entra en courant, venant de faire des courses, s'ébroua, se secoua, cria à son tour : « Il neige ! » et me chercha des yeux.

— René, où tu es ?

— Je suis là...

— Tu as vu la neige ?

— Voui...

— Va voir comme c'est joli, sur l'avenue de la Gare !...

— Ici aussi, c'est joli...

Je n'avais pas envie de descendre de mon observatoire. La rue Gambetta, maintenant, était toute blanche, et le jardin devenait tout moelleux au regard.

— Viens ! Descends !...

J'étais bien, là-haut. Mais j'étais obéissant, et curieux. Je me laissai glisser le long des sacs. Nini me harnacha pour l'expédition. Pèlerine, bonnet de laine, cache-nez...

— Va voir comme c'est joli... Et reviens vite !...

La rue Gambetta était molle sous les pieds. J'attrapai au vol quelques flocons. Ils disparaissaient dans ma main qui devenait mouillée. J'ouvris la bouche et levai mon visage vers la foule tourbillonnante qui tombait. Les points blancs étaient si incroyablement nombreux qu'ils faisaient une épaisseur d'un gris pâle jusqu'au ciel. Mais je pouvais les distinguer un à un, et les voir arriver. J'en reçus dans les yeux, sur la langue. Ça piquait de froid, très vite, puis c'était devenu un soupçon d'eau, qui n'avait pas le goût de l'eau ordinaire.

J'étais seul dans la rue. Tous les Nyonsais aventurés au-dehos étaient rentrés chez eux en courant et regardaient tomber la neige à travers leurs carreaux. Mme Girard dut me voir passer, mais n'osa pas ouvrir ses vitres pour me demander où j'allais. J'arrivai au bout de la rue. Illy avait fermé les portes de son atelier. J'entendais derrière elles les bruits de son enclume. La neige les étouffait de coton. L'avenue de la Gare, déserte, s'offrait à moi, à gauche et à droite. Je tournai à droite, vers la gare. Je me mis à marcher vers l'inconnu. L'avenue n'était plus la même. Tout ce que je connaissais d'elle était voilé par la neige. De chaque côté, les hautes branches de ses platanes se fondaient dans les hauteurs du gris pâle. Et devant moi il y avait une blanche épaisseur de rien, qui tombait. Derrière son rideau s'étendait le pays du mystère et du silence.

J'avais couvert ma tête avec le capuchon de la pèlerine. Je marchais, petite silhouette bleu sombre, pointue, dans l'avenue claire.

J'entendis : « Plof-plof, plof-plof... » et je vis sortir de la neige, devant moi, le cheval de Tardieu. Il fumait de partout. Il tirait son lourd camion habituel, à quatre roues ferrées, chargé de quelques sacs de boulets. Tardieu marchait à côté de lui. Il avait posé sur sa tête et ses épaules un sac de charbon vide replié en forme de pèlerine. Le sac était devenu blanc mais sa figure était noire comme sa marchandise. Il me regarda et demanda :

— Et qui c'est, ça ?

Il me releva le menton avec sa main au charbon.

— C'est le petit René !... Mais qu'est-ce que tu fais là ?

— Je vais voir l'avenue de la Gare, comme c'est joli...

— Hébé..., dit Tardieu. Et il rattrapa son cheval.

D'habitude, on entendait les lourdes roues de son camion écraser les pierres de la chaussée et les fers du cheval faire « clac-clac, clac-clac ». Maintenant ils faisaient « plof-plof, plof-plof... » comme si le cheval avait mis des pantoufles. Et les roues ne faisaient aucun bruit. Elles n'avaient plus de poids. Et je n'entendais plus le cheval. Il avait disparu dans le blanc, avec son camion léger. Les flocons nouveaux effaçaient les traces des roues. A mi-distance entre elles, un gâteau de crottin tout neuf, doré, fumait. La neige fondait sur lui et autour de lui.

A la boulangerie, tout à coup on s'inquiéta.

— Mais qu'est-ce qu'il fait ? Je lui ai dit de revenir vite !...

Ma Nini, toujours inquiète pour moi, comme elle le fut plus tard pour sa fille, jeta un fichu sur sa tête et courut dehors. Quand elle me rattrapa, j'étais presque arrivé à la gare...

Dans la petite cuisine où chauffait le fourneau, ma mère me déharnacha, m'examina, me tâta. J'avais le nez rouge et, chose curieuse puisque je venais de la neige, le menton noir. Mais je semblais intact. Quand tout à coup Nini poussa un cri :

— Il s'est mouillé les pieds !

La neige avait fondu sur mes chaussures, qui étaient traversées...

On me déchaussa, on me frictionna les pieds, et comme ils ne se réchauffaient pas assez vite, ma mère ouvrit le four du fourneau, me fit asseoir devant, et me mit les pieds dedans. On ne les retira que quand ils commençaient à cuire...

Si rare que fût la neige à Nyons, on avait donc parfois l'occasion de la voir. Et même, chaque hiver, de loin, on l'apercevait au sommet du Ventoux. Ce qui nous inspirait beaucoup de respect pour notre montagne, qui devait être vraiment très haute pour avoir droit à la neige presque éternelle.

Mais, tout de suite après la guerre, je rencontrai un autre phénomène météorologique totalement inconnu des Nyonsais. Mon père avait à faire à Valence, et il décida de m'emmener. Valence, c'était la grande ville, et l'endroit où commençait « le Nord », la porte des pays sauvages, en direction du pôle...

Nous prîmes le train merveilleux qui faisait « tch ! tch ! », changeâmes à Pierrelatte et arrivâmes le soir dans une ville grise et triste. Malgré ma curiosité, j'étais oppressé, et avais déjà envie de repartir. Nous couchâmes dans un hôtel dont je n'ai gardé aucun souvenir, mais le lendemain matin, en sortant, je vis au milieu de la petite place, sur une pelouse, une sorte d'arabesque diaphane qui se déroulait lentement, pareille à l'écharpe de gaze d'une fillette jouant à la mariée. Je m'exclamai :

— Oh ! papa, regarde ! l'herbe qui fume !...

Mon père éclata de rire :

— C'est pas de la fumée ! dit-il.

Puis il redevint grave, et d'une voix dramatique :

— Ça, c'est du brouillard.

Telle fut ma première prise de contact avec les pays d'outre-soleil, les pays où le ciel est gris, où on sort dans la rue même quand il pleut, et où on se mouille les pieds sans en mourir.

Les Rieux étaient mon paradis. Je n'y trouvais aucun enfant de mon âge pour jouer avec moi, mais je n'avais besoin de personne. Je passais mes journées à découvrir les trésors du royaume. Sa plus grande richesse était l'eau. La ferme possédait cette bénédiction : une source. A une centaine de mètres de la maison, elle coulait toute l'année, d'un trou dans un talus. On y accédait par un chemin montant, herbeux, frais, où fleurissaient les violettes. Son débit n'était pas plus gros que mon doigt, mais petite source emplit grands récipients pourvu qu'on ne la laisse pas perdre. On avait construit sous elle un bassin qui servait de réserve d'arrosage, et de lavoir pour les lessives. Une grande partie de l'eau se répandait dans le terrain avoisinant, et des plantes heureuses y poussaient en abondance, des pervenches, des héliotropes, et beaucoup d'autres dont je n'ai jamais su le nom.

Au mois d'août, alors que Nyons se ratatinait de chaleur et de sécheresse, que tous les chiens, couchés à l'ombre, tiraient la langue, que les humains, derrière leurs volets fermés, évitaient de bouger et même de parler pour ne pas mourir de chaleur, et que les mouches elles-mêmes s'arrêtaient, la source des Rieux entretenait autour d'elle un petit univers de fraîcheur verte, bénie, où la vie continuait, tranquille, abondante, riche d'eau.

C'était là que je venais, à quatre heures, manger ma tartine de pain et ma barre de chocolat, assis dans les pervenches, à l'ombre d'un néflier, un livre sur les genoux. Les abeilles volaient de fleur en fleur, les guêpes essayaient de venir manger mon chocolat. Je leur aurais bien abandonné mon pain mais le chocolat, non. Je les chassais avec de grands gestes. Elles n'aiment pas ça, parfois l'une d'elles me piquait. Ça faisait très mal. L'oncle César m'avait appris ce qu'il fallait faire pour ne plus souffrir : cueillir quatre sortes d'herbes différentes, les écraser entre les doigts, et s'en frotter l'endroit de la piqûre. Je l'ai toujours fait, ça ne m'a jamais calmé. Mais au moins, pendant le temps du petit cérémonial, l'enfant piqué ne pense plus qu'il souffre.

L'oncle César, qui était redevenu un peu enfant, me montrait tout le parti qu'on peut tirer, pour s'amuser, de ce qui pousse dans la nature. Un roseau, par exemple, qu'on nomme à Nyons une canne, est plein de ressources. On arrache son sommet pointu, on en déroule la première feuille, on la laisse se réenrouler sur elle-même, on souffle dans le creux laissé par les feuilles intérieures...

— Souffle fort !

Je gonfle mes joues, je souffle fooort !... Surprise émerveillée : ça fait de la musique !...

Ou bien on peut fabriquer un mirliton en ménageant deux ouvertures dans un fragment de roseau, dont une doit être taillée avec précaution pour garder intacte la peau intérieure transparente. Si la peau crève ou se fend, on peut la remplacer par une feuille de papier à cigarettes. La plupart des fumeurs, en ce temps-là, roulaient leurs cigarettes, et il y avait du papier Job dans toutes les maisons. Encore de la musique !

Avec un roseau solide, coupé à la longueur voulue, et fendu d'une certaine façon à son extrémité, on fabriquait un lance-pierres dont la technique venait directement du propulseur de l'âge des cavernes. C'était là, certainement, la première arme de jet inventée par l'homme.

Un tel lance-pierres me valut, un peu plus tard, mon premier chagrin d'amour.

L'oncle César m'apprit à faire griller les graines de courge. Elles deviennent plus délicieuses que des noisettes. Mais il faut une gourmandise et une patience d'enfant ou de vieillard pour les décortiquer et les savourer.

Il m'apprit à goûter certaines fleurs, comme la mauve, dont le pâle tuyau de base a la douceur du miel.

Il me montra le miracle de la folle-avoine, sorte de baïonnette minuscule coudée à angle droit. Vous fermez le poing. Vous crachez dans le centre de votre index replié. Vous y enfoncez la base de la folle-avoine. Elle se met à tourner comme l'aiguille d'une montre... Ça ne rate jamais.

Chaque fois que je venais aux Rieux, il avait quelque chose de nouveau à me montrer. Et la tante-des-Rieux était heureuse de me voir arriver, car je la distrayais un peu de son chagrin.

Au début, je ne voulais pas y coucher, je rentrais tous les soirs à la boulangerie, mon chez-moi à cent mètres duquel je me sentais en exil. Mais bientôt la ferme des Rieux me devint aussi chaleureuse que ma propre maison et un matin, en partant, je dis bravement à ma mère :

— Tu sais, ce soir, j'y couche...

Et pour la première fois, ce soir-là, je mangeai la soupe de la tante-des-Rieux, que je trouvai succulente, parce que différente de celle que je mangeais à la boulangerie. Rue Gambetta, on faisait cuire un mélange des légumes de saison, haricots verts, poireaux, courgettes, tomates, oignons, gousses d'ail, avec un bouquet garni, quelques pommes de terre et une saucisse ou un bout de lard. Au moment de se mettre à table, ma mère « trempait la soupe ». Debout, serrant contre sa poitrine un beau pain rassis, elle le coupait en tranches dont elle emplissait la soupière. Et elle versait dessus le bouillon des légumes, dont la première eau avait été jetée (ce qu'on appelait « blanchir la soupe »). Le pain gonflait aussitôt, les assiettes creuses se tendaient vers la soupière fumante. On mangeait ensuite les légumes chauds en y ajoutant, chacun à sa convenance, huile d'olive et vinaigre. On nommait ce plat « le baïan ». Je le fais encore de temps en temps. Essayez-le. C'est une merveille. Mettez dans votre faitout tous les légumes du moment sauf le chou dont le goût couvre tout, et l'aubergine qui, bouillie, n'est pas bonne. N'oubliez pas les haricots verts, et en grains si c'est la saison.

Épluchez les gousses d'ail, et n'en soyez pas avare. Une branche de céleri, pas plus. Jetez la première eau après cinq minutes d'ébullition. J'y ajoute, pour donner de la douceur au bouillon, une ou deux pommes golden épluchées et coupées en deux. Elles restent à la surface. Je les retire au dernier moment, les presse sur l'écumoire pour en exprimer le jus, et les jette. Juste avant de retirer le faitout du feu, versez-y une bonne rasade d'huile d'olive. Juste quelques bouillons, qu'elle n'ait pas le temps de cuire. Elle donne un parfum de plus et au bouillon des yeux avec lesquels il vous regarde.

Posez le faitout sur la table, servez le bouillon à la louche. N'ajoutez pas de pain, qui le boirait à votre place. C'est sublime. Chacun en redemande.

Pêchez ensuite les légumes bouillants et mangez-les avec une mayonnaise à l'huile d'arachide, sans moutarde, juste vinaigrée, douce. Si vous avez la chance de trouver une gousse d'ail qui ne se soit pas transformée en purée, vous serez étonné par la modestie et la suavité de son goût. Accompagnée de mayonnaise, c'est la moelle des anges...

Un tel plat, évidemment, est plus long à préparer qu'un bifteck grillé. Mais quelle récompense... N'y mettez ni lard ni saucisse, qui défigureraient le bouquet du jardin servi sur votre table.

La soupe de pain et le baïan tous les soirs. Ensuite une omelette ou un plat « d'herbes » ou de pommes de terre, un morceau de tomme de chèvre, une part de tarte cuite au four à pain. C'était notre menu. Je détestais la tomme « faite », le « picodon » puant et fort qui tuait les mouches à quinze pas. Mais j'aimais beaucoup la tomme fraîche, avec du sucre. La soupe, j'en avais par-dessus les yeux. En revanche, j'aurais bien mangé toute la tarte...

La soupe des Rieux, tout de suite, je l'aimai à cause de sa différence.

Dans la grande cuisine, la marmite pend au-dessus des dernières braises du feu. Le jour s'achève, la cuisine devient sombre. La tante-des-Rieux tire vers elle la « suspension », pendue au-dessus de la table ronde. C'est une lampe à pétrole, blanche, surmontée d'un abat-jour en opaline, accrochée à une chaîne. Un contrepoids permet de la maintenir à la hauteur qu'on désire. La tante ôte le verre de la lampe, frotte une allumette soufrée dont le bout de phosphore rouge a l'air d'un œil d'oiseau, allume la mèche, règle la flamme, remet le verre en place, remonte la suspension de façon qu'elle éclaire toute la table. Je suis déjà assis, impatient, affamé. L'oncle César est assis en face de moi. Derrière lui, un peu à gauche, la grande horloge balance son œil de cuivre, grand comme une lune. Louise, ma marraine, prend place à ma droite. La tante pose sur la table la soupière fumante, sert tout le monde, puis s'assied avec nous dans la lumière dorée de la lampe. La même lumière s'accroche encore au sommet de la montagne Gardegrosse, qu'on aperçoit par la fenêtre. C'est un moment de grande paix. Toutes les bêtes de la ferme ont déjà mangé et s'endorment. Les paysans ont fini leur travail. La soupe et le sommeil qui va suivre sont leur récompense. On déplie les serviettes, personne ne parle. L'oncle César gémit un peu et porte à sa bouche sa cuillère qui tremble.

Je n'ai compris que bien plus tard la raison de cette émotion et de ce silence : à la place que j'occupais, petit garçon, aurait dû être assis, entre sa sœur et sa mère, un grand garçon beau comme un arbre, parti pour la guerre et jamais revenu.

Pour mon bonheur je ne pensais pas si long, mais seulement à ce qui se trouvait dans mon assiette. C'était une soupe très simple de pommes de terre écrasées et de riz, à laquelle on ajoutait, une fois servie dans l'assiette, du lait de chèvre froid. Je n'ai jamais retrouvé sa saveur délicate.

Le repas terminé, Louise, son bougeoir à la main, me conduisit à ma chambre près de la sienne. C'était la chambre et le lit de son frère.

Elle me coucha, me borda, m'embrassa, et me laissa seul, dans le noir. Je n'eus pas le temps d'avoir peur. Je dormais déjà. Mais au milieu de la nuit je me réveillai et ouvris grands mes yeux, sans rien voir...

Dans ma chambre habituelle arrivait toujours quelque lueur, venue de la rue, et quelque bruit venu du voisinage ou du fournil. Ici, c'était le silence et l'obscurité absolus. Je tendis les mains et ne trouvai rien. J'étais habitué à mon petit lit de fer, rassurant comme un nid. Je couchais pour la première fois dans un grand lit dont je ne trouvais pas les frontières. Tout à coup je ne sus plus où étaient la tête et le pied du lit, ni le commencement ni la fin de toute chose. J'appelai Louise d'un grand cri :

— Marraine ! Marraine ! je sais plus où je suis !...

Ma douce marraine arriva, dans sa longue chemise de nuit blanche, son bougeoir à la main. Elle était grande et mince, ses cheveux bruns étaient tressés pour la nuit en deux nattes qui lui pendaient sur les épaules. Elle avait de grands yeux sombres mélancoliques et une bouche toujours souriante, avenante, d'où je n'ai jamais entendu sortir que des mots d'affection, d'accueil, d'apaisement...

Elle me regarda et sourit :

— Eh bien ! Où tu t'es mis !...

J'étais couché au milieu du lit, en diagonale, en plein désert...

Pour que je n'aie plus peur, elle me confectionna une veilleuse : elle alla chercher dans la cuisine un verre empli d'eau aux trois quarts. Elle y avait versé quelques millimètres d'huile, qui surnageait. Avec de petits ciseaux elle découpa dans une vieille carte postale une rondelle grande comme l'ongle, fit un trou au milieu et y glissa un bout de coton à tricoter. La rondelle flottant sur l'huile, le fil de coton devint

174

une mèche, qu'elle alluma. Elle pouvait me quitter, je ne serais plus perdu.

Vous pouvez essayer cette veilleuse. Elle consomme peu d'énergie... La longueur de sa flamme dépend de la longueur de sa mèche. Pour un petit enfant, dans une petite chambre, une petite flamme suffit à éclairer l'univers.

Les jours plus courts de septembre marquaient le déclin des vacances, mais aussi la saison des poires, des pommes pas tout à fait mûres, juteuses, dont la peau craquait sous la dent, et des dernières figues. La variété des fruits était considérable. Il y avait toutes sortes de poires et de pommes, et des figues de toutes grosseurs. Je préférais les grosses « Verdales » dont chacune pesait près de cent grammes, un hecto comme on disait à Nyons, avec leur peau d'un vert frais, et leur intérieur rouge sang.

Et les petites grises, sauvages. Il fallait les cueillir quand elles pendaient sur leur queue, molles, flétries, les ouvrir pour s'assurer que ni fourmi ni guêpe ni taille-sèbe ne s'étaient logés dans leur cœur rose tendre et les déguster entières, pulpe et peau, concentré de douceur, de lumière et de terre chaude, goutte glorieuse de l'été.

Au milieu de septembre, je rentrais des Rieux hâlé comme un marron, les genoux écorchés, les mains râpeuses, éclatant de santé et de liberté. Déjà se profilait à l'horizon l'horrible 1er octobre mais nous avions encore devant nous quelques belles journées sans esclavage.

Les soirs prenaient une qualité unique dans l'année. La nuit, patiemment, montait à la conquête de la lumière. Nos heures de jeu raccourcissaient par le bas, mais leurs dernières minutes, avant l'appel des mères qui arrachaient leurs enfants à la menace de l'obscurité, devenaient étranges dans une pénombre où s'éteignaient les bruits et grandissaient les mystères.

Place de l'Ancien-Cimetière, à l'ombre des marronniers qui commençaient à laisser tomber leurs feuilles roussies, le mélange de la nuit et du jour venait plus vite et durait plus longtemps. Nous nous retrouvions là, cinq ou six copains du même âge, jouant à des jeux divers, dont l'essentiel était toujours de courir et de crier.

Dès que les premières lumières s'allumaient, j'arrêtais de courir, je cessais de crier, je me rapprochais d'un tronc d'arbre auquel je m'appuyais jusqu'à me confondre à son écorce et à son ombre, et, les yeux ouverts comme des entrées de tunnels, je regardais...

A l'angle de la rue du Quatre-Septembre s'élevait une maison bourgeoise de deux étages. Au premier habitait une famille dont j'ignorais tout, mais un soir j'avais vu une fenêtre s'allumer, et derrière cette fenêtre apparaître l'image éblouissante d'une petite fille blonde dont la lumière électrique transformait les longs cheveux en fontaine d'or. La bouche ouverte, immobile, béat, je la regardai jusqu'à ce qu'elle sortît du cadre de la fenêtre. Je restai sur place à regarder encore, et je la vis apparaître et disparaître deux ou trois fois avant que la voix de Nini m'appelât :

— Renéééé !... La soupe est serviiiie !...

Dans la nuit presque tombée, je courus vers la boulangerie, la tête pleine de l'image glorieuse.

Le lendemain je ne la revis pas, ni les surlendemains, mais chaque fois, confondu avec le marronnier, je regardais, je regardais...

Jusqu'au moment où...

Avant que la nuit s'annonçât par les premières lumières, nous avions organisé un concours de tir. Une boîte de conserve était la cible. Nous nous étions taillé chacun un lance-pierres dans une canne fendue. Quand vint mon tour, j'enchâssai une pierre grosse comme une noix à l'extrémité de mon arme et brandis celle-ci pour prendre mon élan. Mais avec mon adresse habituelle, j'avais tourné la canne à l'envers, et la pierre partit en arrière...

J'entendis le bruit clair d'une vitre qui éclate. Stupeur... C'était LA fenêtre ! J'avais cassé la fenêtre de l'ange !...

Nous nous égaillâmes en courant, épouvantés à l'idée de ce qui aurait pu arriver, de ce qu'on pourrait croire : que nous l'avions fait exprès.

Quand nous fûmes loin, le René Celse, essoufflé, me dit :

— Tu aurais pu tuer quelqu'un !...

Et il agitait sa main droite à hauteur de son visage. C'était le geste tragique, qui en disait plus que les mots.

Telle fut la fin de mon premier amour.

Le lendemain, les moutons passèrent.

Ils montaient au printemps vers les pâturages de montagne, et redescendaient à l'automne. A l'aller et au retour, ils faisaient étape à Nyons.

Ils arrivèrent dans le crépuscule. On les entendait de loin. D'abord les cloches des béliers, qui marchaient en tête, puis les voix maigres de quelques brebis appelant leurs agneaux. Enfin l'innombrable piétinement des petites pattes sèches. C'était le fleuve de laine qui coulait à travers Nyons, venant de la haute vallée de l'Aygues, par Rémuzat, les Piles, Aubres. Il virait à angle droit rue Gambetta, tournait en rond sur la place de l'Ancien-Cimetière, et s'immobilisait, devenant lac pour la nuit. Toute la place était couverte d'un tapis de brebis couchées. Un millier au moins, peut-être plus. Nous, les gamins toujours curieux, nous nous faufilions entre elles, les enjambions, et nous arrêtions à quelques pas des bergers, pour les regarder en silence.

Deux vieux hommes dont la guerre n'avait pas voulu. Gris comme la poussière. Ils avaient allumé un feu et mangeaient lentement, quignon de pain et fromage dans une main, couteau pliant dans l'autre, assis contre un arbre. Les deux ânes, couchés, dormaient déjà, déchargés des agneaux nouveau-nés qu'ils avaient portés pendant la journée. Trois chiens poilus, couchés près du feu, une flamme dans l'œil, regardaient leurs maîtres dans l'espoir d'une bouchée. Ils leur ressemblaient, gris et sans âge, hors du temps de la vie des hommes et des bêtes.

Je regardais le chef bélier, étendu à la limite de l'ombre. Il ruminait, les yeux mi-clos, d'un mouvement régulier, latéral, de la mâchoire. Le feu faisait danser une lueur rose sur son nez busqué. Je me demandais combien de siècles il avait fallu pour lui faire pousser, de chaque côté de la tête, ces énormes cornes en spirale. Elles paraissaient aussi vieilles, aussi dures, que les oliviers de mon grand-père ou les rochers de Gardegrosse. Et à quoi servaient-elles ? pas à se battre, étant donné leur position. Elles étaient la marque de son âge, de son savoir, de sa dignité tranquille. Elles étaient un phénomène de la nature, qu'on regarde et admire sans le comprendre.

Comme les autres années, je me promis de me lever de bonne heure pour voir partir le troupeau. Et comme les autres années il défila sous ma fenêtre sans entamer mon sommeil solide. Quand je courus vers la place, il n'y restait que son odeur, le parfum des millions de petites crottes en forme d'olives qu'il avait déposées pendant la nuit. C'était un mélange très doux, qui sentait les herbes des hautes montagnes et le ventre chaud des brebis.

A la place de celles-ci s'agitaient une dizaine de silhouettes noires, courbées vers le sol : les petites vieilles du quartier, armées d'une pelle, d'une balayette et d'un seau, qui récoltaient les crottes précieuses pour fumer leur jardin. Il n'existe rien de meilleur pour le poireau ou la giroflée.

Dans ce monde de femmes que fut celui de mon enfance, il en est trois qui se détachent par la densité de leur caractère et l'épaisseur de leur taille : la mère Illy, dont j'ai déjà parlé, la mère Mourier, et la mère Bréchet.

Il ne faut pas attacher au mot « mère », dont on les qualifiait, le moindre sens péjoratif, mais, au contraire, y voir le témoignage du respect à la fois familier et un peu craintif qu'inspiraient leur autorité, leur poids, leurs manières, et leur âge.

La mère Bréchet était la mère de Camille Bréchet, homme d'affaires et de loi, mais surtout historien de Nyons, homme plein de savoir et d'humour. Il possédait une grande maison aux Serres, plus loin que la ferme de mon grand-père Paget, mais, par nécessité professionnelle, habitait la plupart du temps Valence, avec sa fille Rachel, qui lui servait de secrétaire. Sa mère faisait souvent la navette entre Valence et Nyons, et, quand elle revenait par le train du soir, il lui arrivait de coucher à la boulangerie, pour ne rentrer chez elle qu'au matin.

Notre maison était terre d'asile. Il y avait toujours un ou deux lits de disponibles pour un parent, un ami ou un client retardé, et s'il n'y avait plus de place, on se débrouillait pour en faire.

Un soir, la mère Bréchet, revenant de Valence, mangea la soupe avec nous. C'était une forte femme, rieuse, parlant fort, toujours vêtue de noir. Elle adorait les bêtes et surtout les chats. Dès qu'elle arrivait chez nous, elle trouvait une chaise pour s'asseoir, et aussitôt, notre chatte Cri-Cri, une « gouttière » indépendante, lui sautait sur les genoux. Elles se reconnaissaient comme étant du même monde. Elles se mettaient à ronronner ensemble.

— Si on doit vivre plusieurs vies, disait la mère Bréchet, moi, sûrement, je reviendrai sous forme de chat...

Ce soir-là, il pleuvait d'une belle longue pluie à grosses gouttes, qui fait tant plaisir à la terre, et comme il en tombe si rarement chez nous.

— Marie, tu peux me coucher ? demanda la mère Bréchet.

— Bien sûr, répondit ma mère. Vous coucherez dans la chambre de René.

Il y avait deux lits dans ma chambre. Nous nous y endormîmes bientôt côte à côte. En la revoyant, dans mon souvenir, je pense qu'elle devait dormir la bouche ouverte, et ronfler. Mais je n'en sus rien : je dormais avant elle.

184

Au moment où Nini fermait les volets du magasin en se hâtant, un sac sur la tête et les épaules pour se préserver de la pluie, arriva un dernier visiteur, trempé : M. de Vernejoul.

C'était le châtelain du pays, un petit homme mince avec une barbe en pointe. Je le regardais toujours avec étonnement passer sur sa bicyclette familière, car je savais qu'il était poète, et, pour moi, un poète ne pouvait se trouver que dans un livre. Voir passer un poète vivant sur une bicyclette, cela avait quelque chose de fabuleux.

Il habitait « Le Castellet », un beau château à quelques kilomètres de Nyons, sur la route d'Orange. Pas question d'y rentrer sous ce déluge, sans attraper la mort. Il venait demander à ma mère l'hospitalité.

La maison était pleine. Ma mère proposa une solution : qu'il partageât la chambre de Mme Bréchet. Après tout, elle et lui étaient des personnes âgées et très honorables... Il accepta, se sécha près du fourneau, puis ma mère vint me prendre dans ses bras sans me réveiller et me coucha dans son propre lit. Et M. de Vernejoul s'étendit tant bien que mal à ma place, sans se déshabiller, la couverture tirée jusqu'au menton. La mère Bréchet dormait.

Aux premières lueurs du matin elle s'éveilla, sourit au jour nouveau, se tourna vers mon lit, vit la barbe grise et poussa un cri d'horreur :

— René ! Qu'est-ce qui t'es arrivé cette nuit ?...

Elle mourut quelques mois plus tard, et un soir,

alors que nous étions tous réunis dans la cuisine
pour le souper, comme le soir de la pluie, venant du
magasin alors que toutes portes étaient closes, se
présenta une chatte noire qui s'arrêta, se posa sur
son derrière, et nous regarda d'un air à la fois amical
et malicieux. Mon frère Émile se dressa et s'écria en
la montrant du doigt :

— La mère Bréchet !...

Elle lui cligna de l'œil, traversa tranquillement la
cuisine, sortit par la porte du fournil et nul ne la
revit jamais.

La mère Mourier tenait dans le haut de la rue
Gambetta un magasin miraculeux, une épicerie où
l'on trouvait de tout. J'allais souvent y chercher
deux sous de bonbons anglais, de pastilles de
menthe ou de boules de gomme, mais aussi du sel,
du café, du fil D.M.C. pour coudre les boutons, du
cirage Lion Noir, des bougies, des vermicelles ou
des pâtes langues d'oiseaux, des allumettes en
grosses boîtes de carton jaunâtre avec du papier de
verre sur le côté. Et d'autres denrées que j'ai
oubliées, qui ne font plus partie de la vie d'aujour-
d'hui.

Elle « brûlait » elle-même son café, dehors,
devant sa boutique, une fois par semaine. Son
brûloir était un cylindre de fer noir vertical, posé
sur trois pieds et se terminant par une cheminée en
forme de chapeau pointu. Il contenait une sphère
creuse dans laquelle elle mettait le café vert, et
qu'elle faisait tourner lentement au moyen d'une

manivelle, après avoir allumé du charbon de bois dans le bas du cylindre.

Le merveilleux parfum du café qu'on grille envahissait aussitôt tout le quartier. Si j'étais à proximité, j'arrivais en courant, me plantais sous le vent du grilloir et ne bougeais plus, écoutant avec ravissement le bruissement des grains glissant sur la paroi interne de la sphère, et buvant à pleines narines leur odeur chaude, sauvage, craquante, rôtie.

Pendant la Seconde Guerre, la privation qui m'a le plus touché a été celle du café. Je me passais facilement de viande et de pain, mais le café m'a manqué. J'en bois peu, une tasse par jour, le matin, mais tant que je ne l'ai pas bue je ne suis pas un homme vraiment vivant. J'ai mis longtemps à trouver le meilleur filtre individuel : c'est le filtre belge, au fond large, dans lequel l'eau passe vite, cueillant l'arôme de la poudre et lui laissant l'amer. Je le voudrais parfait mais ne le réussis pas tous les jours. Trois ou quatre fois par semaine c'est déjà beaucoup. Je ne comprends pas qu'on puisse boire ce qui coule des filtres en papier flanqués dans un entonnoir. Quelle que soit la qualité de la mouture et la justesse des proportions poudre-eau, toujours dans le résultat se trouve le goût du papier. Parfois, au restaurant, pour terminer un repas avec des amis, je prends ce qu'on nomme un café. Cela en a l'apparence et la couleur, mais nulle part, même aux meilleures tables, je n'ai bu de bon café. Il est souvent très fort, ce qui le rend encore plus mauvais. C'est dommage. Un chef de qualité devrait veiller à ce détail essentiel. Quant à ce qu'on sert au petit déjeuner dans les hôtels, cela rappelle de très près le « jus » du régiment, et donnerait presque envie de se résigner au pire : boire du thé.

La mère Mourier avait adopté une nièce, Madeleine. Elle avait mon âge. C'était ma copine. Elle arrivait en courant à la boulangerie, entrait dans le magasin en criant : « Nini ! Deux kilos de pain bien-cuit-pas-brûlé !... », courait à travers la cuisine et le fournil et me retrouvait dans la cour.

Derrière la maison, la cour au sol de ciment était un refuge contre les grandes chaleurs. Une double treille, de jasmin et de vigne sauvage, la couvrait, l'eau fraîche coulait constamment dans le bassin-lavoir, des tourterelles en semi-liberté vivaient dans des cages ouvertes le long du mur de gauche, dont une blanche à qui l'âge avait tordu le bec et qu'il fallait aider à se nourrir. A droite, le moteur à essence du pétrin habitait la même grande cage que les poules, dont une très vieille, noire, qui venait se faire caresser en s'accroupissant et écartant les ailes, crôô... crôô...

Madeleine me trouvait assis devant une petite table de fer pliante, un livre entre les coudes, la tête dans les mains.

— Encore en train de lire ! Qu'est-ce que tu lis ?

Je lui racontais. Elle n'aimait pas lire, mais aimait les histoires. Elle s'asseyait et écoutait. Le temps passait. Et tout à coup éclatait la voix de sa tante qui, comme l'odeur du café, franchissait les toits et les murs :

— Madeleieieine !... Ça vient, ce pain ?

— Vouéi ! criait Madeleine, j'arrive !...

Et à moi :

— Vite dis-moi la fin !...

— Je la connais pas, je l'ai pas encore lue...

— Oh ! que tu es bête ! Alors à demain...

Et elle partait en courant...

Un autre lieu de nos rencontres était l'arrière-boutique de l'épicerie. Dans la vitrine du magasin, à la plus haute place, était disposée la maquette en carton jaune pâle d'une tour surmontant des remparts. C'était la réclame du savon La Tour, le « meilleur savon de Marseille ». On l'achetait par barres de cinq kilos, on le plaçait sur la cheminée de la cuisine ou sur l'armoire pour qu'il devienne sec et dur. Au moment de s'en servir on le coupait avec un fin fil de fer.

Et au-dessus de l'épicerie s'élançait une haute cheminée d'usine, qui, pour moi, était le prolongement naturel de la tour enfermée dans la vitrine. C'était la cheminée désaffectée de l'ancienne fabrique Labeille, qui ne fabriquait plus rien. Je n'ai jamais su ce qu'elle avait fabriqué, mais c'était dans mon esprit quelque chose de mystérieux et de magique, qui tenait à la fois du miel, de la cire et du savon. Je ne savais pas si on le mangeait ou si on s'en lavait...

Une partie de la fabrique servait d'entrepôt à la mère Mourier. J'y rejoignais parfois Madeleine, et nous partions en expédition à travers les piles de marchandises qui faisaient ressembler l'arrière-boutique à la cale d'un navire en long voyage : sacs de gros sel et de café vert, colonnes de savon, boîtes mystérieuses, et toujours, dans un baquet en bois, de la morue en train de dessaler, qui donnait à la grande pièce l'odeur de la mer.

L'objet de nos recherches était la réserve des bonbons anglais. Nous ne l'avons jamais trouvée...

A côté de l'épicerie, dans une petite maison avec un jardin, habitait ma tante Grosjean, l'unique sœur de mon père, l'aînée des quatre enfants Barjavel de Tarendol. Son mari, l'oncle Grosjean, était réparateur des fils télégraphiques. Vêtu du drap bleu de fonctionnaire P.T.T., coiffé d'une casquette à visière de cuir, les jambes de pantalon prises dans des pinces à vélo qui lui mettaient des ailes aux chevilles, il enfourchait chaque matin sa bicyclette et passait la journée à parcourir lentement les routes, les yeux en l'air, suivant le fil, à la recherche des interruptions.

Sa bicyclette était une Peugeot indestructible, dont il prenait grand soin. Un jour, une des premières automobiles de Nyons le renversa. Il n'eut aucun mal mais son vélo fut tordu. L'automobiliste et l'oncle comparurent devant le juge de paix. Le casseur proposa une indemnité. Devant la modicité de la somme, l'oncle s'indigna :

— Une bicyclette dont je me sers depuis vingt ans et qui n'a jamais rien eu !

— Vingt ans ?... dit le juge.

Et il diminua la somme de moitié ! Un demi-siècle plus tard, l'oncle Grosjean n'avait pas encore compris.

Il avait fait à sa femme deux enfants. Une fille, Germaine, aux yeux bleus et aux cheveux blond cendré, très belle et intelligente. Mon frère aîné, Paul, en devint amoureux et plus tard l'épousa. Par le fait des deux mariages de ma mère, elle était ma cousine, mais pas celle de mon frère.

Le second enfant Grosjean était un garçon, Clément. Il éprouvait pour son futur beau-frère Paul une grande admiration, et voulut suivre la même voie que lui. Paul, mobilisé à dix-huit ans, en 1917, avait été envoyé à l'École maritime de Lorient, et avait fait la guerre en mer. Il devint plus tard commandant au long cours.

Clément, plus jeune que lui, s'engagea lorsque la paix fut revenue et partit à son tour pour l'École de Lorient. Il y mourut deux jours après son arrivée. La version officielle fut qu'il avait succombé à la grippe espagnole. Mais peut-être fut-il victime des brutales vaccinations dont on truffait alors les jeunes soldats. On rapporta à sa mère qu'au moment de sa mort il avait du « sang caillé » sur les dents.

Ce grand malheur transforma la tante Grosjean, qui était une petite femme vive et gaie, en un tourbillon de colère et d'aigreur. Elle passa le reste de sa vie à jurer le nom de Dieu en provençal, et à le traiter de coquin et de voleur.

J'aimais être invité par elle. Elle réussissait

divinement le tian d'herbes, les caillettes et le flan. Le tian d'herbes, ce sont des bettes hachées, assaisonnées d'herbes de Provence et de divers ingrédients, et cuites au gratin. Les caillettes sont un mélange de bettes ou d'épinards avec du foie et de la viande de porc, enveloppé dans de la crépinette, piqué d'un brin de sauge et cuit au four. Le flan, c'est ce dessert si simple et si difficile à réussir parfaitement : la crème renversée au caramel. Celle de la tante Grosjean était blonde et rousse, tremblante, fragile, fondante, baignée d'un abondant caramel feuille-morte, doux-amer...

Chère tante Grosjean, elle a vécu longtemps, toujours en colère contre le destin qui ne l'a pas ménagée, faisant résonner jusqu'au dernier moment ses casseroles sur son fourneau et le nom de Dieu auréolé d'injures. Dieu ne les a sûrement pas entendues. Elle a rejoint son beau Clément adolescent. Elle doit lui faire des tians d'herbes du Paradis.

Le fond de la place de l'Ancien-Cimetière servait d'entrepôt au serrurier Deligny. Des barres de fer rondes et carrées, des ressorts, des plaques, y rouillaient pêle-mêle devant la porte ouverte de l'atelier, dans lequel le vieil artisan penché sur sa petite forge, son enclume ou son étau, fabriquait des clefs, des verrous, des grilles, et tous les objets en fer ou en cuivre qu'on voulait bien lui commander. Il avait une grande moustache blanche mais je ne fais que supposer que ses cheveux étaient également blancs car il ne quittait jamais, même en plein été devant sa forge, son vieux chapeau de feutre cabossé, délavé, informe, qui semblait faire partie de lui.

Célibataire, ou veuf, à midi il posait ses outils, descendait à petits pas la rue Gambetta, saluait au passage ses connaissances d'un petit geste vers son chapeau, et allait déjeuner au café de la Lucie, près de chez Illy. Il ne me venait pas à l'idée qu'il pût habiter ailleurs que dans son atelier. Il devait dormir sur un lit de charbon, avec une couverture de fer...

C'est devant chez lui que j'eus mon premier contact avec la rigueur inexorable de la loi. J'avais pris la bicyclette de la boulangerie qui servait à livrer le pain, avec son panier fixé au guidon, et je faisais des circuits autour de la place, en pédalant à travers le cadre, car le vélo était trop grand pour moi.

Comme je virais devant chez Deligny, autour d'un chevalet de fer, deux gendarmes m'arrêtèrent.

— Votre plaque ?

Consterné. Effrayé. Je n'en avais pas...

La plaque de bicyclette était l'ancêtre de la vignette auto. On l'achetait chaque année chez le bureau de tabac, petit rectangle de fer-blanc à l'effigie de la République, qui devait rester fixé en permanence sur le vélocipède. Mais il arrivait qu'elle fût volée. Alors on la gardait dans sa poche. La nôtre était dans le tiroir du comptoir du magasin. C'est ce que j'expliquai aux gendarmes, en leur demandant de venir le vérifier. C'était là, tout près.

Ils refusèrent. Le père Deligny intervint. Sans résultat. Ils dressèrent procès-verbal. Je rentrai à la maison couvert de honte. Ma mère s'indigna, parla d'aller trouver le sous-préfet, qu'elle connaissait comme présidente du syndicat des boulangers de Nyons. Mon père riait. Il trouvait tout beau, tout drôle. Il était revenu de la guerre...

Moi je découvrais l'existence d'un monde rigoureux, abstrait, avec lequel on ne pouvait pas s'accommoder.

Avec la même bicyclette, deux ans plus tard, je connus une autre aventure. Assis cette fois sur la selle, j'étais allé livrer du pain à un fermier, assez loin de Nyons, du côté du Castellet. Mon petit fox Friquet me suivait ou me précédait en gambadant et en jappant. Il faisait deux fois plus de chemin que moi.

La route était belle et libre. On imagine difficilement, aujourd'hui, que les routes aient pu être construites pour les piétons. C'était ainsi, pourtant. Hommes et femmes se déplaçaient à pied au milieu de la chaussée, isolés ou en famille, poussant deux chèvres ou une brouette, portant un panier au bras, ou ne portant qu'eux-mêmes. La route était un ruban clair brodé de silhouettes en mouvement. Et chacun arrivait à temps au bout du chemin.

C'était un matin, un jeudi ou un dimanche puisque je n'étais pas en classe. Je venais d'avaler un grand bol de café au lait avec des tartines. Le fermier, ayant reçu ses dix kilos de pain, pour me remercier m'offrit un pastis. J'avais déjà horreur de cette affreuse boisson. Je refusai. Il insista. Je refusai encore. Il se fâcha. Il était vexé. Je dus boire la mixture, qu'il me servit corsée.

— Eh bois, petit!... Ça donne des forces!... Ça te fera grandir!...

J'avalai, le cœur soulevé. Il était ravi, il croyait m'avoir fait honneur et plaisir, il m'avait traité d'égal à égal, comme un homme.

Je remontai sur mon vélo, roulai un ou deux kilomètres en zigzaguant, puis chavirai dans le fossé. Je fus malade pendant deux jours. Ma mère était couchée dans le lit qu'elle ne devait plus quitter. Mon père riait et chantait en sortant du four son pain blond craquant.

Près des barres de fer du père Deligny s'était installé, au fond de la place de l'Ancien-Cimetière, un autre atelier, en plein air : celui d'un tailleur de pierre, qui construisait le monument aux morts.

Alors que le sou avait disparu depuis longtemps comme monnaie usuelle, il continuait à exister dans l'esprit et les habitudes du public. On ne disait pas « cinq centimes » mais un « sou ». La pièce la plus courante était celle de deux sous, dix centimes, en bronze. Un franc, c'était vingt sous, et l'écu de cinq francs en argent, cent sous.

Vers la fin de la guerre, presque toutes les pièces avaient disparu, car la fabrication des obus aspirait les moindres bribes de métal. Des billets les remplaçaient. Il y avait des billets d'un franc et de cinquante centimes. Ils furent vite sales, déchirés. On les rapiéçait avec du papier collant qui se déchirait à son tour. Le « scotch », bien sûr, n'existait pas. Des timbres-poste de cinq et dix centimes servaient de monnaie. Ils se déchiraient encore plus vite que les billets, et collaient aux doigts humides. Quelques grandes marques d'apéritifs mirent en circulation des sortes de médaillons transparents contenant un timbre et portant, au dos, le nom de la firme.

Quant aux pièces de vingt francs en or, les « louis », leur règne s'était terminé en 1914. Tous les Français avaient porté leur or aux guichets des banques pour « financer la victoire ». Mon père piquait parfois, le dimanche, dans sa cravate, une épingle que ma mère lui avait offerte, faite d'une pièce de dix francs, un « demi-louis » découpé autour du geste de la semeuse...

Quelques-uns des jeunes rescapés de la guerre revinrent chez eux avec une mode prise aux soldats américains : ils s'étaient rasé la moustache...

Leur apparence fit hausser les épaules aux mères, aux épouses, et ricaner les vieux moustachus qui déclarèrent qu'ils ressemblaient à des curés. Ceux-ci, en effet, étaient les seuls hommes entièrement glabres que l'on eût connus jusqu'alors. Mais les filles jeunes trouvèrent les rasés séduisants, la mode s'étendit rapidement, et le poil devint bientôt signe de négligence ou de vieille paysannerie. Le sacrifice de la moustache précédait celui des cheveux féminins. Il fallut attendre les années 60, une autre guerre et presque un demi-siècle, pour voir repousser les toisons féminines et masculines. Ce fut encore sous l'influence américaine, cette fois celle des jeunes combattants de la non-mobilisation, de la non-consommation, de la non-civilisation : les hippies.

En 1919, la vie essayait doucement de reprendre ses habitudes d'avant 14. Mais ce n'était pas possible. Quelque chose avait définitivement changé. Les femmes mûries par les responsabilités, le dur travail, la constante inquiétude, étaient devenues des êtres différents. Les hommes rescapés n'attachaient plus la même importance aux obligations de chaque jour. Ils étaient vivants, cela seul comptait. Ils avaient pris l'habitude de vivre entre hommes, ils se retrouvaient plus souvent qu'avant-guerre au café ou au jeu de boules.

Et rien ne remplaçait les morts.

Il n'y eut pas, dans les bourgs et les villages, les explosions de joie des grandes villes. Il y avait trop de morts, et on les connaissait. Ils ne composaient pas une statistique anonyme, ils étaient mari, fils, frère, cousin, voisin, ami. Les familles qui avaient eu la chance de récupérer leurs combattants gardaient leur joie secrète. Elles en avaient presque honte.

La guerre de 14 a tué ce qu'il y avait de mieux dans la race française, la fleur de la paysannerie, les plus beaux fruits de la terre, les hommes les plus utiles, les plus solides, les plus jeunes gens, les plus sains, les plus courageux, ceux dont serait naturellement issue, comme toujours, l'élite de toutes les catégories sociales : ouvriers, bourgeois, intellectuels, artistes. Tout venait de la terre. Cette filiation a été coupée par le glaive. Ce fut une plaie terrible. Nous, les enfants, épargnés grâce à notre âge, n'avons pas suffi à remplacer la chair manquante. Dans ce trou, voici qu'arrivent maintenant pour le combler des Africains, des Arabes, des Indochinois, des Portugais, des Turcs, des Allemands, des

Scandinaves, des Hollandais, qui emplissent les usines ou s'installent dans les villages déserts. Un nouveau mélange va se faire pendant des générations. Les Français d'hier étaient les produits de multiples invasions. Celtes, Normands, Romains, Goths et Visigoths, Francs, Sarrasins, et tous ceux que nous ignorons, étaient venus se heurter aux Pyrénées et à l'Atlantique et s'étaient mêlés dans l'hexagone comme, au fond d'un sac, des haricots de trente-six jardins. Ils étaient tous des haricots blancs. Le mélange de demain sera plus coloré.

Les automobiles arrivaient. Le « courrier » Nyons-Rémuzat, une diligence à chevaux, fut remisé à tout jamais, et remplacé par une voiture à moteur dont la carrosserie en bois fut fabriquée par Illy.

Un après-midi, mon petit Friquet, dont le fox-terrier de « La Voix de Son Maître » semblait être le portrait personnel, déboucha en courant de la rue Gambetta, dans l'avenue de la Gare, pour aller rejoindre mon père, qui était allé boire l'apéritif au café de la Lucie. Une bête grondante à quatre roues lui passa dessus.

Mon père me le rapporta tout aplati, mais respirant encore ou plutôt essayant, la bouche ouverte comme un poisson sur le sable. Il avait la cage thoracique écrasée. Il mourut en quelques minutes. Je le déposai au fond de mon asile du jardin : le trou que j'avais creusé et aménagé en coin de lecture. Et je remis sur lui toute la terre que j'avais déplacée. J'enterrai en même temps que lui une partie de mon insouciance et de mes joies si simples. Je ne retournai plus voir sur le mur le défilé des fourmis triangulaires. Je ne poussai plus jamais la porte de la remise du bureau de tabac. La tombe de Friquet venait de clore les années du jardin.

J'allais bientôt entrer au Collège.

La grippe espagnole remontait la rue Gambetta. Il y avait eu deux morts depuis le coin de l'avenue de la Gare. Il y en avait partout. L'annonceuse n'arrêtait pas de trottiner d'un seuil à l'autre. Elle ouvrait la porte, disait rapidement : « La Rose Gauthier, demain à dix heures... Le petit Pierre Arnaud, demain à trois heures... » Elle refermait la porte et se hâtait vers la suivante. Elle annonçait les enterrements. Elle était petite, noire et voûtée, avec un chignon noir, et un fichu noir sur ses épaules, même l'été. Elle avait toujours l'air triste, c'était normal.

Il y avait chaque jour un, deux, parfois trois enterrements. On voyait surgir, devant les maisons frappées, le sinistre champignon de la table des signatures. Une table ronde, recouverte d'un drap noir, sur lequel était posé un cahier avec un crayon ou un porte-plume et son encrier. Si on ne pouvait pas venir à l'enterrement, on allait au moins « signer ».

Ma mère, épluchant les pommes de terre pour la purée, disait à mon père :

— Quand tu auras tiré ton pain, va me chercher douze godiveaux chez Guibert. Et en passant, tu signeras la pauvre Rose...

Les godiveaux, c'était ce que les Parisiens nomment d'un nom sauvage : les chipolatas.

A la boulangerie, le premier malade fut mon frère Émile. Il eut une grande et longue fièvre et on craignit pour sa vie. Ma mère, que hantait le sort du petit Clément, tremblait de peur et faisait venir deux fois par jour le Dr Bernard débordé et exténué. Mais on ne connaissait aucun remède contre cette grippe. On en mourait, ou on guérissait tout seul.

Émile avait dix-huit ans. Il était beau, romantique, les cheveux ondés, les yeux brûlants. Il avait enflammé le cœur d'une jeune fille, Juliette, d'une famille de réfugiés du nord de la France, brune comme une Méridionale. Ils se marièrent trois ans plus tard. Pendant toute sa maladie, elle lui apporta chaque jour un bouquet de roses, dont elle avait ôté les épines. Mon frère Paul était en mer. Il revint pour une brève permission et rassura ma mère. Grand, mince, les traits fins, doté d'une élégance naturelle, il paraissait déplacé dans notre milieu un peu fruste. Il était, physiquement, de la race des grands acteurs des comédies américaines : Cary Grant, ou Clark Gable. Aussi beau qu'eux, mais sérieux comme un vrai protestant.

Émile guérit, et je tombai malade.

Il s'avéra dès le début que ce n'était pas grave.

J'étais plutôt content d'être couché, dans ma petite chambre du second étage toute tapissée de neuf. J'aurais voulu lire, mais on avait décrété que ça me fatiguait. Pas de livre à portée de la main...

Je regardais les fleurs du papier peint, toutes pareilles, alignées en quatre directions. Je ne pouvais pas leur donner un nom, c'était une sorte d'hybride entre la rose et la marguerite, couleur miel, avec une queue verte et des feuilles mauves. Je les comptais en hauteur, en largeur et en diagonale gauche et droite, je suivais les grains de poussière mystérieux, sortis du néant, qui traversaient le rai de soleil surgi des volets et disparaissaient de nouveau dans l'air. J'écoutais une mouche vibrionner, s'arrêter pile, recommencer... Je fermais les yeux et m'endormais.

Ma mère se réveilla au milieu de la nuit, saisie par une brusque inquiétude. Elle monta rapidement l'escalier et se pencha vers mon lit...

Elle me vit immobile, les yeux clos, la bouche ouverte avec du sang caillé sur les dents, du sang noir...

Se retenant de crier d'horreur, elle alla jeter hors de son lit Nini pour qu'elle coure chercher le Dr Bernard, et revint vers moi. Mon frère Émile, tiré de son sommeil, se pencha pour m'examiner, renifla... Il y avait une odeur de réglisse... Il découvrit sous mon oreiller une boîte de cachous que m'avait donnée Germaine, ma cousine, venue me voir dans la soirée. J'avais trois cachous sur les dents. Il partit à son tour en courant pour rattraper

Nini qui courait vers la maison du docteur. Elle était déjà arrivée, elle s'efforçait, en larmes, d'entraîner le médecin exténué, qui m'avait vu quelques heures plus tôt et savait parfaitement que j'allais bien. Je ne fus mis au courant de tout ce bouleversement que le lendemain matin en me réveillant frais et dispos.

Le troisième malade fut ma mère.

Illy mit en place les deux grandes roues ferrées, serra les derniers boulons, graissa les moyeux et la vis du frein à manivelle, puis regarda son ouvrage et trouva que cela était bien. Alors il peignit la charrette en bleu.

Nous suivîmes cette dernière opération avec intérêt, parce que le bleu était un beau bleu, un peu plus foncé mais plus chaleureux que celui du ciel. Et parce que la peinture sentait bon. Et aussi parce qu'il y avait quelque chose de magique à voir, sous le pinceau, le bois disparaître et devenir une autre matière, toute neuve et brillante.

Le paysan qui l'avait commandée fut prévenu qu'elle serait sèche tel jour, et il fit savoir qu'il viendrait la chercher le jeudi.

Nous étions tous là pour la voir partir, René Celse et son grand frère Léopold, Roger Domps le fils de l'inspecteur primaire, Maurice Bonnet, Marcel Mourier et son petit frère Maurice, et Jean Gris qui chantait si bien, et même Émile Sogno, qui habitait au Moulin, de l'autre côté du pont. Et aussi, bien sûr, Madeleine Mourier, et Simone et Suzanne, les filles du charron. Illy fit sauter les cales et basculer les lourds chevalets qui retenaient la charrette. Celle-ci, frein serré, reposa pour la première fois sur ses roues. Le paysan, vêtu d'une blouse bleue, d'un pantalon de coutil et de son chapeau noir des dimanches, fit reculer dans les brancards son grand cheval roux dont les muscles énormes jouaient les uns sur les autres comme des portions de sphères et de cylindres ajustées au millimètre. Il l'attela et, guides en main, monta sur la charrette. Sur le plancher de bois neuf, ses souliers de cuir raide, épais, étaient d'un noir impeccable. Je me demandais s'ils avaient été cirés comme on le faisait chez mon grand-père, à la Grange : on crachait sur la brosse et on la frottait au cul de la marmite pendue dans la cheminée. Pour les souliers de la grand-mère, un peu plus délicats, il y avait du vrai cirage, vendu dans un verre, comme la moutarde, dont il avait la consistance. J'aimais le sentir. Il sentait la suie. On en prenait un peu avec un brin de genêt, on le posait sur la chaussure, et on étendait avec la brosse. Le cirage épuisé, on lavait le verre. Ça faisait un verre de plus dans la maison. Mais pour arriver au fond il fallait des années... Le cirage en boîte, qui sentait la cire et l'essence, c'était du luxe, pour les gens de la ville.

Le paysan se pencha pour desserrer la manivelle du frein puis se redressa, face au gros derrière roux de son cheval et à sa queue blonde, fit légèrement claquer les rênes sur l'échine et dit :

— Hue !...

Les muscles du cheval, les ronds et les longs, se mirent tranquillement en mouvement, tout cela joua ensemble comme les morceaux de la locomotive du train du soir, et les roues de la charrette écrasèrent le lit de copeaux.

L'homme tira un peu sur la rêne de gauche, le cheval vira et s'engagea dans la rue Gambetta. Il avait un beau collier presque neuf, avec des pompons rouges et des grelots de cuivre. Il avait aussi des pompons à ses œillères et sur son front. C'était joli, mais c'était surtout pour les mouches. Les roues de fer aplatissaient les cailloux de la rue, les enfonçaient en terre ou les faisaient éclater en morceaux. A chaque cahot, la charrette chantait un beau bruit de roulis de bois et de fer bien graissé.

Nous la suivions. Nous aurions voulu courir en criant, mais le cheval puissant allait au pas, tirant la charrette comme une allumette. Il posait ses quatre larges pieds l'un après l'autre et il avançait avec certitude et tranquillité. Ploc-ploc-ploc-ploc, un-deux-trois-quatre... Il aurait arraché une maison.

Le René Celse s'agrippa à l'arrière de la charrette, prit son élan, sauta et se retrouva assis, les jambes pendantes. Je le suivis. Le Sogno aussi. Et Jean Gris. Roger Domps suivait à pied. Il était trop bien élevé pour se conduire de cette façon.

Le paysan se retourna, nous cria :

— Galapiats !

Mais il souriait.

Il saisit son grand fouet qui pendait à son épaule, manche par-devant, lanière par-derrière, et en fit claquer la mèche au-dessus de nos têtes.

Nous avons poussé des cris, nous avons fait semblant d'avoir peur, mais nous ne sommes pas descendus.

Il y avait déjà de nombreuses voitures arrêtées rue Gambetta, des jardinières, des charrettes et même des tombereaux. Toutes dételées, leurs chevaux à l'écurie ou attachés à l'ombre des marronniers de la place de l'Ancien-Cimetière, le nez dans leur mangeoire. Le devant de la boulangerie restait dégagé. Les paysans savaient qu'ils devaient en laisser l'accès libre, pour que chacun pût venir charger son pain.

La charrette bleue se rangea devant le magasin, et l'homme noir et bleu descendit et entra chez nous. J'entrai derrière lui.

Je ne sais pas pourquoi je me souviens si bien de ce jour, de ce moment, qui n'avait en soi rien d'extraordinaire. C'était un jeudi, très probablement un jour de foire, vu l'abondance des voitures et l'activité qui régnait dans le magasin. Mais la foire se tenait le premier jeudi de chaque mois. C'était une foire comme les autres. Et je ne savais pas, ce jour-là, que ma mère allait mourir de la maladie qui était en train de la frapper. Je la vis debout derrière le comptoir, servant les clients du quartier. Un kilo, deux kilos, on pesait tout, sur la balance aux plateaux de cuivre, on « faisait le poids » avec un morceau de fougasse. La plupart des clients ne payaient qu'au mois. Chacun avait son carnet, sur lequel on inscrivait au crayon la date, et le poids de pain acheté.

Mon père et Nini étaient en train de faire les grosses pesées sur la bascule à droite de l'entrée. On posait deux pains côte à côte, deux autres dessus perpendiculairement puis deux autres et ainsi de suite. Dix kilos, vingt kilos, trente kilos. On les empilait ensuite dans des sacs avec les noms des clients, qui allaient venir les chercher.

L'homme en chargea deux sacs sur sa charrette, et repartit. Les gens du quartier continuaient à défiler, en revenant du marché. Les paysans entraient prendre leurs sacs de pains. Ils connaissaient tous bien ma mère et l'appelaient « Marie ». Ils parlaient fort, en provençal, ma mère leur répondait dans la même langue. Un vieux portait au bout d'une ficelle une paire de poules attachées par les pattes. Elles pendaient dans son dos, la tête en bas, battaient des ailes et caquetaient de peur.

Je remarquai que ma mère avait une drôle de voix. Je la regardai, et je vis alors le détail insolite qui fut peut-être la cause qui grava toute la scène, comme une eau-forte, dans ma mémoire : un morceau de bois, gros comme un cigare, sortait de sa bouche. Un morceau de branche, gris, qu'elle avait dû aller casser dans un fagot sous le hangar. Elle le mordait, pour s'empêcher de claquer des dents. Elle avait une fièvre violente, et ses dents s'entrechoquaient. Quand on lui prit sa température, le lendemain, le thermomètre marqua plus de quarante. Mais un jeudi, jour de foire, il n'était pas question de s'arrêter de travailler. Chacun faisait sa part, et elle, en plus de la sienne, dirigeait tout. La journée finie, la tranquillité revenue dans la maison, elle soupa avec nous, elle ne se sentait pas bien, mais elle disait « c'est rien, c'est de la fatigue, ça passera ».

Le lendemain, comme d'habitude, mon père se leva à trois heures pour faire sa première fournée. Vers sept heures, il alla porter le café à sa femme. Il ressortit de la chambre effaré :

— Elle dit qu'il y a un coq sur l'armoire ! Elle me demande de le chasser !...

Elle délira pendant des jours et des jours, je ne sais combien. La maison était frappée de consternation et de silence. Le Dr Bernard venait matin et soir. Il avait cru d'abord, comme tout le monde, à la grippe espagnole, mais s'était vite rendu compte que ce n'était pas cela. Il ne savait pas ce que pouvait être ce mal étrange et furieux qui n'évoluait pas et ne cédait pas. Ce n'était pas une affection respiratoire ou digestive, ni un empoisonnement. Il ne comprenait pas l'origine de la fièvre, qui continuait d'osciller autour de quarante. Il appela en consultation le Dr Rochier, qui ne reconnut rien de familier. Alors il commença à penser à cette maladie dont les journaux avaient parlé d'une façon si stupide, et il fit appel au Pr Froment, de Lyon, qui en avait examiné plusieurs cas. Le professeur vint à

Nyons et fit le diagnostic : ma mère était atteinte de la maladie du sommeil.

Aujourd'hui, on la guérit. A cette époque, il n'y avait aucun traitement.

La fièvre dura des semaines. Quand elle tomba, ma mère avait perdu la moitié de son poids. Elle était lucide, elle reconnaissait tout le monde, elle souriait faiblement. Nous recommencions à respirer.

Alors un faux espoir accompagna une fausse convalescence. Ma mère reprenait des forces. Elle put se lever, puis marcher. Elle mangeait bien, retrouvait forme humaine. Mais ce n'était plus la même femme.

Je ne sais pas si je l'ai bien montrée, jeune fille vive, passionnée, jaillissant hors de la ferme paternelle vers un destin plus épanoui, lisant avec avidité, comprenant tout, rêvant d'un destin plus large encore, raffolant des séances de cinéma du *Casino,* qui l'entraînaient dans le monde loin de son village dont elle n'était jamais sortie. Puis clouée à son foyer par les maternités, le veuvage, la guerre, les obligations matérielles, devenant capitaine de ce navire immobile, faisant de sa boulangerie la première de la région, fondant le syndicat des boulangers pour exiger de l'administration le ravitaillement en farine, élevant ses trois garçons, régentant ses nièces, commandant les vieux ouvriers grincheux et les apprentis maladroits, rendant service à tout le monde, se réjouissant des fleurs et des fruits, aimant les bêtes, rayonnant comme un soleil sur les êtres et les choses.

D'un seul coup, la maladie l'éteignit. Sa volonté mentale fut tranchée net. Elle ne « voulait » plus. Elle ne commandait plus, même à elle-même. Elle ne prenait plus aucune décision, aucune initiative. Elle attendait qu'on lui dît de faire ceci ou cela. Elle obéissait au médecin, à mon père, à Émile, à Nini. Elle s'asseyait quelque part et attendait qu'on lui dît de bouger. Mais il semblait que physiquement elle redevînt normale.

Noël arriva. Il faisait froid et sec.

Dans toutes les maisons on se préparait à la fête depuis plus d'une semaine. C'était le vrai premier Noël d'après la guerre. Les blessures des familles meurtries commençaient à se cicatriser. Des enfants nouveaux étaient nés. Les survivants vivaient...

Pendant plusieurs nuits, mon père fit cuire les panas : c'étaient de grandes tartes. Toutes les clientes en apportaient deux ou trois, en plusieurs voyages. Elles ne pouvaient pas les faire cuire chez elles, elles avaient besoin du four du boulanger : les tartières des panas, qui ne servaient que pour Noël, avaient entre cinquante centimètres et un mètre de diamètre. Mon père en faisait deux ou trois fournées chaque nuit. Il y en avait partout, des crues, des cuites, sur les planches à pain, sur les sacs de farine, sur la barde du four, sur la table et sur les chaises de la petite salle à manger où on ne mangeait jamais, sur le haut du buffet. Elles étaient aux fruits de toutes sortes, mis en conserve pour cette occasion. Les plus nombreuses, les plus économiques et les meilleures étaient celles de courge. En voici la recette :

Sur un fond de pâte à tarte vous étalez une couche d'un centimètre et demi de courge blanchie, égout-tée, réduite en purée, sucrée, et mélangée à une bonne quantité d'amandes grillées et pilées. Vous disposez par-dessus un croisillon de pâte, vous ajoutez vos initiales ou celles de la personne gourmande que vous aimez, vous rabattez les bords du fond de pâte, et vous faites cuire au four. A la sortie, quand la tarte est très chaude, vous la saupoudrez de sucre en poudre et l'aspergez d'eau de fleur d'oranger. Ça embaume la maison et le cœur, c'est une odeur de fête, une odeur de joie. Toute la rue Gambetta sentait Noël, ça emplissait la nuit, ça montait jusqu'aux étoiles.

La veille de Noël, il y eut une représentation biblique au temple protestant. Devant l'arbre de Noël, un grand sapin venu de Gardegrosse, enguirlandé de papier doré et de cheveux d'anges, avec des touffes de coton qui jouaient la neige, et illuminé de vraies bougies, des enfants costumés récitèrent des versets de l'Évangile. Vêtu d'une peau de mouton, le cheveu bouclé, l'œil noir, un haut bâton dans la main droite, je fus saint Jean-Baptiste. Quand vint mon tour, je me levai et dis : « Voici que vient derrière moi Celui qui est plus puissant que moi. Je ne suis pas digne de dénouer la courroie de ses chaussures. » Et je me rassis. Une branche de sapin s'enflamma. On l'éteignit aussitôt avec un chiffon mouillé fixé en haut d'une perche, prévue pour ça. Puis on chanta un cantique et on distribua des cadeaux et des papillotes. Ça sentait l'orange, la cire et la résine. C'était une belle fête.

Il y avait longtemps que je ne croyais plus au Père Noël, et tout ce que racontait le pasteur, le dimanche matin, sur Dieu et Jésus, me paraissait suspect. Il ne parlait pas avec naturel. Il faisait des effets avec sa voix. Quand il priait, en haut de la chaire, il joignait ses mains, les doigts croisés, fermait les yeux, crispait les sourcils, restait un moment silencieux puis s'écriait : « Seigneur !... » Je ne pouvais pas croire à ce Seigneur-là.

A la fin du réveillon, ce ne fut pas ma mère qui coupa la pana de Noël, encore toute chaude. Ce n'était plus elle qui coupait le pain pour la soupe. Elle se laissait servir, comme un enfant. Elle bougeait peu, parlait rarement, quelques mots. Elle nous regardait quand nous passions devant elle mais son regard ne nous suivait pas. Une sorte de rêve s'était installé au fond de ses yeux.

Nous savions tous le nom de sa maladie, et nous nous souvenions de sa plaisanterie prémonitoire : « Si je dors, vous n'aurez qu'à me promener des cerises au-dessus de la figure, et je me réveillerai... »

Mais elle ne dormait pas... Cette maladie du sommeil ne méritait pas son nom... Sans nous en parler, sans rien nous dire, les uns aux autres, nous attendions quand même la saison des cerises...

L'hiver passa. Quand le premier cerisier des Rieux fut mûr, Nini proposa à sa mère d'y aller, comme chaque année. Hippolyte, qui avait épousé ma marraine, viendrait la chercher avec la charrette, et la ramènerait. Ma mère sourit doucement, ne dit ni oui ni non. Y aller, ne pas y aller, cela lui était égal, ça ne la concernait pas... Nous y allâmes seuls,

Nini et moi, nous en rapportâmes un plein panier, débordant de fruits luisants rouges et roses, gorgés de jus, avec des feuilles vertes qui sortaient ci et là. Nini le posa devant ma mère. Elle sourit de nouveau. Elle en mangea quelques-unes. Ce fut tout. Nini pleurait.

Semaine après semaine, ma mère retrouvait ses forces physiques. Au commencement de l'été, un an après le début brutal de la maladie, elle était de nouveau, en apparence, la Marie vaillante et volontaire que tout le monde avait connue. Mais ce n'était qu'une apparence. Rien de sa vitalité n'était revenu.

Le Dr Bernard préconisa un séjour à la campagne, loin de la chaleur estivale des rues de Nyons. Camille Bréchet loua à mon père un « grangeon » dépendant de sa maison des Serres, mais très à l'écart. Nous nous y installâmes, ma mère et moi, avec Nini comme ménagère, garde-malade et ange tutélaire.

J'avais dix ans, je ne me rendais pas vraiment compte de la gravité du mal qui accablait ma mère. Je passai là les plus belles et les dernières vacances de mon enfance. A proximité du grangeon, une sorte de faille sauvage coupait la campagne sèche du nord au sud : le Ruinas, un torrent sans eau mais assez humide pour qu'y poussât, entre les cailloux et les rochers, une végétation enchevêtrée, arbres tordus, buissons, roseaux, mousse, champignons. Personne n'y mettait jamais les pieds. J'y allai. Des crevasses et des éboulis me permettaient de descendre sa rive abrupte. Ensuite c'était la découverte, l'aventure. J'ai vu, sans y toucher, des nids d'oiseaux dont je ne connaissais pas le nom, à la fourche d'un pin, dans un trou, trois petites chouettes à peine emplumées qui ouvrirent, à mon doigt tendu, des becs plus grands que leur tête ronde, je vis des œufs en couleurs, je vis des insectes énormes biscornus, des fleurs bizarres en forme de guêpe ou de trompette, des serpents qui glissaient en silence, des bouts de bois mort aux formes étranges, des escargots pointus, des cailloux veinés d'or ou de cristal. Je rentrai les poches pleines de trésors. J'avais les cheveux ras, les mollets maigres zébrés d'écorchures, les oreilles écartées. J'étais vêtu d'un bout de culotte et d'une vieille chemise, chaussé de solides souliers de cuir, sans chaussettes.

Au grangeon, je retrouvais l'un ou l'autre de mes trois copains : Tokyo, le grand chien noir des Bréchet, ou Tango, le blond. Ou Madeleine, encore une, la fille des fermiers. Mais elle ne s'intéressait pas à ce qui me passionnait, et les chiens, quand ils m'accompagnaient, faisaient du bruit. Je préférais partir seul. Je ne rentrais que pour les repas. Nini s'inquiéta d'abord, puis s'habitua. Ma mère ne disait rien. Quand je revenais, elle me souriait d'un sourire tendre et triste et posait sur moi un regard d'amour. Se rendait-elle compte de son changement, de son déclin ? Je ne sais pas. Tant qu'elle a pu parler, je ne l'ai jamais entendue se plaindre.

En septembre, nous rentrâmes à la boulangerie. Ma mère devenait de plus en plus passive. La rentrée des classes approchait. Un jour, mon père me prit par la main, et m'emmena au collège pour me faire inscrire. De même que son père l'avait pris par la main pour l'emmener de Tarendol à Nyons afin qu'il apprît un métier meilleur que le sien, il voulait à son tour me faire monter plus haut que lui dans l'échelle sociale. Il espérait que je deviendrais fonctionnaire. Percepteur, peut-être, ou receveur des postes, ou même, sommet des sommets, professeur... Mes frères étaient déjà passés par le collège, Paul pour devenir officier de la marine marchande, et Émile ingénieur du service vicinal.

C'était la dernière année, comme principal du collège, du règne de M. Guillaume, un petit homme à barbichette blanche qui ressemblait à Poincaré. Il demanda à mon père :

— Est-ce que vous voulez que votre fils fasse du latin ?

On devait alors, dès la sixième, choisir entre l'enseignement classique et le moderne. Mon père réfléchit un instant, et répondit :

— Oh ! Il sera jamais curé, il a pas besoin de faire du latin...

Ainsi fut décidée mon orientation.

A mon premier jour de collège, je fus frappé par un changement considérable : en s'adressant à moi, les professeurs me dirent « vous ». J'avais été jusque-là le petit René, que tout le monde, y compris les instituteurs, tutoyait. Et pour la première fois de ma vie, on me disait « vous ». Je venais de franchir une étape. Je ne me sentais pas plus important, ni plus près d'être un « grand », mais ce « vous » me mettait à l'aise. Il était moins autoritaire que le « tu ». L'instituteur qui me tutoyait se plaçait au-dessus de moi, à la verticale. Le professeur qui me disait « vous » se situait en face de moi, à l'horizontale. On pouvait peut-être se regarder et se comprendre, au lieu de commander et obéir. Les relations étaient différentes. Je ne devins pas pour cela un meilleur élève. Je fus immédiatement submergé par la surabondance des matières du programme. C'était effrayant. Il fallait apprendre tout cela... Je m'en sentais absolument incapable. Je me remis à lire beaucoup et à travailler peu. Je découvris une mine inépuisable : la bibliothèque du collège, et dans cette mine un filon fait semblait-il exprès pour moi : les nombreux volumes des *Souvenirs entomologiques* de Henri Fabre. En la compagnie du vieux savant rustique, j'appris à connaître les mœurs passionnantes des petites bêtes que j'avais rencontrées. C'était le prolongement des vacances des Rieux et des explorations du Ruinas.

La seule classe qui m'intéressât était celle de dessin. Je fis de rapides progrès. Je dessinais en math, en sciences, en histoire, chez moi, partout.

Un jour j'apportai à mon professeur un travail que j'avais bien réussi : un paquet de gauloises bleues près d'un cendrier blanc, avec une cigarette posée sur celui-ci, en train de fumer. C'était mon premier essai d'une boîte de pastels que mon père m'avait achetée à ma demande. Le professeur de dessin ne voulut pas croire que j'étais l'auteur du croquis, parce que j'avais mis un reflet vert sur le paquet de gauloises et que, d'après lui, j'étais incapable, à mon âge, d'avoir vu cette décomposition de la couleur. Je protestai, il s'obstina, se fâcha et me traita de menteur. Cet incident me dégoûta des beaux-arts...

Une porte venait de m'être fermée. Dommage. Si j'avais été encouragé, je serais peut-être aujourd'hui Barjador Dali...

C'est une porte différente qui me fut ouverte, l'année suivante, par un professeur de français nommé Delavelle. Il était renommé pour ses démêlés avec un autre professeur dont je ne me rappelle ni le nom ni la spécialité mais seulement la barbe rousse. Delavelle était royaliste, et le rouquin communiste. C'était à l'époque où, à Paris, au Quartier latin, les « Camelots du Roy » réglaient leurs querelles avec les « Faucons rouges » à coups de gourdins. A Nyons, la bataille était moins rude. Dans la cour du collège, les deux profs entamaient des discussions véhémentes mais n'en arrivaient jamais aux voies de fait. Mais la malignité du sort les avait logés, en ville, en face l'un de l'autre, des deux côtés d'une rue étroite. Le rouquin acheta un phonographe et chaque fois qu'il apercevait chez lui le professeur de français il ouvrait sa fenêtre et faisait jouer, au maximum de son appareil, *L'Internationale*. Delavelle acheta à son tour un phono, et répliqua à *L'Internationale* par *La Marseillaise*. C'était un chant républicain, mais, au moins, nationaliste. Jaillissant des pavillons des deux appareils dirigés vers les fenêtres béantes, les deux hymnes mélangeaient au milieu de la rue leurs éclats héroïques qui ricochaient contre les murs et pénétraient dans les maisons voisines par toutes les ouvertures.

Les gens du quartier commencèrent par en rire. On ne déteste pas le bruit autour de la Méditerranée, et cette salade sonore était cocasse. Mais elle devint vite insupportable et dès qu'un des phonographes entamait sa fanfare, et que l'autre lui répondait, un troisième orchestre se joignait au concert et ajoutait au vacarme : celui des voix indignées qui, de tous côtés, lançaient des injures à l'adresse des antagonistes.

Cela se termina par l'intervention du principal du collège, qui n'était plus M. Guillaume mais le merveilleux Abel Boisselier, épicurien intelligent, ironiste et humoriste, cultivé, fonctionnaire désinvolte, ami des arts et de la vie, qui allait devenir mon père intellectuel.

Le duel sonore l'avait fort amusé, et je soupçonne qu'il avait quelque peu excité les combattants en affectant de les calmer. Mais quand l'affaire menaça de provoquer une émeute, son autorité souriante y mit fin rapidement.

M. Delavelle devint mon professeur de français quand j'entrai en cinquième. Un matin du premier trimestre, à ma grande stupéfaction, il lut en classe ma rédaction. C'est-à-dire le devoir qu'il nous donnait chaque semaine à faire à la maison. Je regrette de ne pas me rappeler quel en était le sujet.

223

Sans doute quelque chose comme : « Quelle est votre saison préférée ? Dites pourquoi. » Ou bien : « Racontez votre partie de pêche avec l'oncle Jules. »

J'appris ce jour-là que ce que j'avais écrit était bon, et j'en fus aussi surpris que si j'avais, sans m'en apercevoir, traversé la Manche à la nage.

A la sortie, M. Delavelle me retint, me regarda avec une espèce de curiosité étonnée, puis me dit :

— Barjavel, vous êtes intelligent, il faut travailler...

Je le crus, comme j'avais cru M. Roux quand il m'affirmait que je n'arriverais à rien parce que mon index ressemblait au pont d'Avignon.

Il est certain que ma « vocation » d'écrivain date de ce jour-là. Je découvris l'exaltation de savoir que je faisais quelque chose bien, alors que jusqu'à ce jour j'avais cafouillé partout, et considéré l'encre, le papier et le porte-plume comme des instruments de torture. Je suppose que le poulain nouveau-né, qui trébuche sur ses quatre longues pattes grêles, et tombe, et se relève, et retombe sur le nez, doit éprouver le même genre d'euphorie lumineuse quand tout à coup, sans qu'il sache pourquoi, l'équilibre lui vient, ses jambes lui obéissent, le sol ne se dérobe plus sous ses sabots. Le monde où il vient d'arriver l'accepte, il se met non seulement à marcher mais à courir et gambader.

J'ai beaucoup marché, pas tellement gambadé, peu couru, mais finalement, livre après livre, article après article, cela fait un long chemin. Quand ie

224

regarde la piste que j'ai tracée, sachant que maintenant je ne l'allongerai plus beaucoup, je suis content. Ce n'est pas de l'autosatisfaction, mais de la satisfaction, simplement. J'avais choisi un métier, et dans ce métier j'ai fait de mon mieux ce que j'avais à faire. J'aurais certainement fait de même si j'étais devenu boulanger dans la maison de mon père. Je me serais appliqué, chaque jour, à faire du pain mangeable. Et si possible, en plus, nourrissant.

Écrivain, je n'aurais pu faire mieux que ce que j'ai fait. J'ai mes moyens et j'ai mes limites. J'ai marché avec les os et les muscles que mes ancêtres m'avaient légués, et selon l'entraînement que mes maîtres m'ont donné. En m'efforçant de ne pas nuire et essayant d'être utile. Que chacun, à sa place et avec ses outils, en fasse autant.

Ma longue marche, c'est ce matin-là qu'elle a commencé, dans la petite classe du collège de Nyons, aux tables de bois noir gravées au couteau par les générations précédentes, tandis qu'une mouche agonisait dans l'encre violette de l'encrier de porcelaine, entre un bout de craie et un tortillon de buvard. J'ai travaillé, comme M. Delavelle me l'avait conseillé, et j'ai été désormais, sans défaillance, dans mes classes successives, premier en français.

Et cinq ans plus tard, je passai mon baccalauréat sciences-math grâce à ma note de français, ayant évité de justesse un zéro éliminatoire pour le problème de math.

J'aurais aimé aimer les maths, et j'avais eu en seconde et en première, au collège de Cusset, un excellent prof, M. Derrieux dit Nénel. Quand il expliquait un cours ou décortiquait un problème, je comprenais tout, c'était non seulement clair mais passionnant par les enchaînements de la logique. Mais, tout seul devant un énoncé, je séchais, c'était affreux, je ne trouvais jamais le bout du fil qu'il fallait tirer pour dénouer tout le tricot. La réussite en mathématiques nécessite une intuition, une inspiration, que je n'avais pas. Les grands mathématiciens doivent avoir dans leur cerveau les mêmes circonvolutions-antennes, capteuses de lumière invisible, que les grands poètes.

A la fin de l'été 1921, quand nous eûmes quitté le grangeon des Bréchet pour rentrer à la boulangerie, les forces de ma mère commencèrent à décliner. Après les semaines de fièvre, elle avait remonté peu à peu la pente de la santé, comme celle d'une colline. Maintenant, elle était de l'autre côté, et redescendait.

Sur prescription du médecin, elle faisait tous les jours une promenade. Elle alla d'abord jusqu'à la gare, puis elle ne put dépasser l'*Hôtel Terminus*, puis la remise de Tardieu, puis le bout de la rue Gambetta. Cette régression se faisait pas à pas, geste à geste. Sa marche devenait lente, molle, comme un film au ralenti.

En même temps qu'elle, une autre femme de Nyons avait été frappée par le même mal. C'était une jeune fille mince et brune. On disait que la maladie, pour elle, avait commencé d'une façon différente, sans la fièvre violente qui avait secoué ma mère. Je pense que celle-ci, avec son caractère et

227

son tempérament indomptables, son amour de l'activité et de la vie, avait fait face à l'attaque du trypanosome et refusé de se laisser vaincre. L'épisode du morceau de bois entre les dents en est une preuve. Elle aurait peut-être fait reculer un lion, avec un bâton, et en riant, mais que faire contre un ennemi qui n'avait que dix ou vingt millièmes de millimètre de longueur ? Elle avait mené contre l'envahisseur une brûlante et longue guerre, et elle avait perdu la dernière bataille.

La jeune fille, plus frêle, céda sans doute tout de suite. Mais elles se retrouvaient maintenant sur le même chemin. On les voyait hanter du même pas l'avenue de la Gare, le regard perdu, les genoux fléchissants, les pieds hésitant à avancer encore. On avait une envie physique de les aider, de les pousser un peu... Va-t-elle s'arrêter ? Continuer ? Encore un pas... Encore un... Elles se croisaient parfois, ou se suivaient à quelques minutes, je ne sais si elles se regardaient, si chacune comprenait, en voyant l'autre, ce qui lui arrivait à elle-même. Les voisins, les passants, détournaient les yeux quand elles approchaient, se taisaient devant ces fantômes téléguidés par un occupant sans pitié.

Elles avaient peut-être été piquées, le même jour, par la même mouche...

Quand ma mère revenait, lentement, vers sa maison, parfois une amie, la mère Illy, ou Mme Girard, lui criait avec un faux accent réconfortant :

— Hé bé, Marie, ça a l'air d'aller mieux, aujour-d'hui !

Elle s'arrêtait, elle ne tournait pas la tête, elle cherchait les mouvements qu'il fallait faire pour parler, elle y parvenait enfin, d'une voix qui semblait étouffée par un mur de laine :

— Ça va...

Il lui fallait maintenant repartir, se remettre en route. Elle était là, debout, dans la rue, il fallait continuer, avancer un pied, lequel, comment ?... Son corps se balançait un peu, non, elle ne tombait pas, une jambe enfin obéissait... Plus que dix pas pour arriver chez elle... Neuf... Encore un... Encore un...

Rapidement, elle ne put plus sortir de la boulangerie, puis de sa chambre. Le microbe, après avoir détruit la volonté de l'esprit, détruisait la volonté du corps. Les muscles ne recevaient plus d'ordres, et sans doute les organes intérieurs se trouvaient-ils de la même façon abandonnés, car elle n'assimilait plus ce qu'on parvenait à lui faire avaler, et elle maigrissait très vite. Ses jambes ne la supportaient plus, ses bras n'étaient plus capables de faire un geste, et sa bouche restait ouverte, parce qu'elle n'avait plus la volonté de maintenir en place sa mâchoire inférieure.

Le Pr Froment avait envoyé de Lyon une infirmière qui aidait Nini à soigner la malade, devenue un grand nourrisson squelettique. Il fallait faire tous les gestes à sa place. On la levait encore, on l'habillait, on la conduisait de son lit à son fauteuil dans lequel elle restait immobile.

Le printemps revint pour la deuxième fois. Il fit très beau, très tôt. On put sortir ma mère sur la terrasse du premier étage en face de sa chambre. Et voici l'avant-dernière image que j'ai gardée d'elle :

J'étais entré en courant sur la terrasse, où il m'arrivait souvent d'aller m'entraîner aux billes ou aux chicolets. Et ma mère était là… Je ne l'avais pas encore vue en cet endroit. On l'avait installée au soleil, pour qu'elle en profitât. Et je la vis. Je m'immobilisai brusquement. Elle était assise dans… Dans quoi ? je ne sais pas. Je n'ai vu qu'elle. Sans doute un fauteuil de rotin, avec des accoudoirs. Elle était tassée sur son côté gauche, la tête pendant à hauteur de l'épaule. De sa bouche ouverte, un filet de salive coulait sur un chemin de toile cirée qui aboutissait à une cuvette. On avait posé sur sa tête un grand chapeau de paille claire, et mis dans sa main droite, pour chasser les mouches, une sorte de martinet de couleurs, au manche de carton et aux lanières de papier.

Si léger qu'il fût, elle ne pouvait ni l'agiter ni même le tenir. Il avait glissé, s'était à demi échappé de sa main inerte et reposait sur son genou, en zigzags multicolores…

Maman !…

J'avais envie de hurler.

Ce chapeau, ce chasse-mouche de carnaval, sur ce corps ravagé… C'était horrible et dérisoire. Maman, c'était toi, cela… Je réussis à sourire parce que je vis qu'elle me regardait. Je vis au fond de ses yeux une conscience absolue, et un désespoir immobile plus noir que la mort.

Elle essaya de parler avec sa gorge, puisque sa bouche ne lui obéissait plus. Je ne compris pas, je n'avais pas envie de comprendre, je n'avais que l'envie de m'enfuir. Je n'eus pas le courage de l'embrasser. Je reculai doucement, puis je dévalai l'escalier. J'avais peur. J'avais honte.

Je la revis au même endroit presque tous les jours, mais c'est l'image de cette première fois qui efface toutes les autres.

Un jour, elle réussit à me faire comprendre ce qu'elle voulait : c'était à moi qu'elle pensait. Avec son amour, qu'elle essayait de formuler en le poussant en dehors d'elle avec le reste de ses forces, elle me disait de m'acheter un gâteau en allant au collège…

J'ai acheté le gâteau. Je l'ai mangé. Et j'ai joué dans la cour du collège avec mes copains. Je venais d'avoir onze ans.

Et puis on dut renoncer à la terrasse. Elle ne bougea plus de son lit. Et les escarres s'installèrent. C'est alors qu'elle se mit à gémir.

Chacune de ses expirations était une plainte. L'air qui passait dans sa gorge y prenait la douleur et sortait avec elle. Deux secondes… Puis deux secondes de silence… Puis la plainte pendant deux secondes… Silence… Plainte… Silence… Plainte…

Quand elle eut commencé de gémir elle ne cessa plus. Maladie du sommeil ? Étrange nom : elle ne dormait jamais... Le jour, la nuit, à chaque souffle, son gémissement sortait de sa bouche toujours ouverte. Ce fut son dernier langage. Sans dire un mot, elle se plaignait à la vie, à l'Univers, à toutes choses, à Dieu peut-être. Voyez, voyez ce que je suis devenue...

Bien que son gémissement ne fût pas fort on l'entendait de toutes les pièces de la maison. Et quand on ne l'entendait pas, on croyait l'entendre. Parfois, dans le magasin, une cliente tendait l'oreille. Entendait-elle ? N'entendait-elle pas ? Elle hochait la tête avec pitié. Elle savait.

Quand je me couchais, au second étage, dans le grand silence de la nuit je l'entendais... Je m'enfonçais la tête sous les couvertures, les doigts dans les oreilles. Je l'entendais, je l'entendais...

Je finissais par m'endormir, bienheureux sommeil de cet âge... Le matin, en me réveillant, je l'entendais...

Je l'entendais en rentrant du collège, en faisant mes devoirs, je l'entendais... Deux secondes... silence, deux secondes... Chaque fois, c'était une lame de scie sur mon cœur.

Après le repas de midi, j'allais lui dire au revoir dans sa chambre au moment de partir pour le collège. Je lui disais sur un ton gai : « Je vais au collège maman... au revoir... » On ne savait plus si les paroles arrivaient jusqu'à son cerveau. Dans son immobilité totale, elle n'avait plus aucun moyen de nous le faire savoir. Même son gémissement ne réagissait pas. Ses yeux ouverts regardaient le plafond. Mais je suis sûr, et tous ceux qui l'ont soignée l'ont cru comme moi, qu'elle avait toute sa conscience et qu'elle l'a gardée jusqu'à ses derniers moments.

Un jour, j'entrai dans sa chambre comme d'habitude et la trouvai debout...

Elle était nue. Elle gémissait... Mon père et Nini, chacun d'un côté, la maintenaient debout par ses bras écartés. Léger et terrible fardeau... Derrière elle, l'infirmière, avec un bock émaillé contenant de l'eau sans doute additionnée d'antiseptiques, irriguait ses escarres.

Pauvre corps pitoyable, misérable, réduit à ses os et à sa peau, les plaies et la douleur avaient trouvé encore de quoi y creuser leurs longues et larges tranchées saignantes, des épaules aux talons.

Je n'aurais pas dû voir cela. Le moment des soins avait sans doute été retardé, ou avancé. Nini me fit de la tête un signe horrifié. Je sortis. Je fermais les yeux. Les longs signes rouges sont toujours gravés au dos de mes paupières. C'est la dernière image de ma mère, crucifiée.

Un matin, en me réveillant, j'entendis que la plainte avait changé. Elle était devenue rauque. Mon frère Paul fut appelé par télégramme. Le surlendemain matin, Nini entra dans ma chambre et me dit : « Habille-toi, vite ! »

Je n'osai pas poser la question, mais...

J'écoutai...

Elle continuait... Plainte, silence, plainte...

Faible... Plus faible...

Sur le palier du premier étage, devant la porte de sa chambre, se tenaient Émile et mon père. Paul était avec elle. Il avait demandé à la voir seul. J'entendis sa voix déchirée :

— Maman !... Maman !...

Il l'appelait, il la suppliait de revenir, de ne pas aller plus loin sur ce chemin affreux, de se retourner vers nous, vers lui, de regarder ce qu'il lui avait apporté : des cerises..., les premières cerises...

Pas de miracle.

Mon père me demanda :

— Tu veux la voir ?

— Non ! Non ! dit Nini brusquement.

Elle me poussa vers l'escalier, descendit avec moi au rez-de-chaussée.

— Ne reste pas ici aujourd'hui. Ne va pas en classe. Va au Rieux.

Je traversai Nyons d'un pas raide, serrant les dents, ne regardant personne. Quand j'arrivai aux Rieux, je me jetai en pleurant dans les bras de ma marraine.

Ici se termine mon enfance.

Ensuite...

On cousit autour de la manche gauche de ma petite veste, à la hauteur du biceps, un brassard de crêpe noir. C'était la marque du deuil. Il durait un an. Pour les veuves, six semaines de plus. Ensuite venait le demi-deuil qui durait six mois, pendant lesquels les femmes pouvaient abandonner les robes noires pour les grises. A la fin du demi-deuil, il était permis d'ajouter au gris de discrets ornements violets, mais quand une famille avait eu un grand chagrin, elle ne retrouvait jamais vraiment les couleurs. Notre famille fut une famille grise de plus, parmi toutes celles qu'avaient frappées la guerre et la grippe espagnole.

Mes frères partirent vers leur destinée, Nini épousa Gabriel Léglise qui l'emmena en Tunisie où il conduisait des locomotives. Ils eurent une fille, Paulette, qui chantait comme un rossignol, et dont Nini, par-dessus la Méditerranée, me nomma parrain.

Quand je retournai au collège, pendant deux ou

trois jours les copains firent le silence autour de moi. J'étais le Barjavel-que-sa-mère-est-morte. Ils ne savaient pas s'ils pouvaient jouer et rire avec moi. Et je ne savais pas si je pouvais recommencer à vivre comme avant. En plus de ma peine, j'étais gêné. Et puis tout redevint, peu à peu, habituel...

A la maison, les nuits avaient retrouvé le silence, mais c'était un silence qui me faisait peur. Je continuais de me cacher sous les couvertures, et d'enfoncer mes doigts dans mes oreilles, pour ne pas entendre qu'il n'y avait plus rien à entendre.

Mon père ne chantait plus en tirant son pain du four. C'est lui qui fut le plus grièvement orphelin. Il devint comme un vaisseau poussé par les vents et qui a perdu son gouvernail. Il vendit la boulangerie et acheta le café de la Lucie. Il y offrit à boire à tous ses amis. A ses clients aussi. Il n'aimait pas se faire payer. Il revendit le café à la veille de la faillite et acheta à Vaise un affreux petit bistrot, en face d'une usine de teinture sur soieries. L'affaire était bonne, à cause de l'usine dont les ouvriers emplissaient le bistrot à chaque sortie. Ce que le vendeur savait et que mon père ignorait, c'est que l'usine allait fermer dans un mois.

Vaise était un quartier sinistre de Lyon, auprès duquel Aubervilliers fait figure de Champs-Elysées. J'ai vécu dans ce café quelques semaines aux vacances. Il était désert, ne voyait passer que quelques alcooliques, ceux qui font tous les zincs d'un quartier, et recommencent. Malgré la pluie, la suie, la tristesse de la rue grise, les pavés tordus, j'étais bien, à côté de mon père que rien n'abattait, qui riait en frottant son comptoir et offrait une tournée de plus au cordonnier espagnol chancelant qui venait d'avaler son vingtième Pernod. Mon père le trouvait phénoménal.

Il ne put même pas vendre le bistrot. Il l'abandonna. On allait abattre la vieille baraque en même temps que l'usine désaffectée. C'est alors qu'il devint représentant, avec un tilbury, un petit cheval, et sa belle moustache. Mais ce sont ses aventures, et non les miennes.

J'avais quitté Nyons avant lui.

En passant de la cinquième à la quatrième, je changeai de professeur de français, et passai de M. Delavelle à M. Boisselier, le principal du collège. Son intelligence et son humour m'éblouirent. C'était un homme grand et massif, au visage rond, constamment coiffé d'un béret basque qu'il posait sur sa tête sans se préoccuper de la position qu'il y occupait. Un sourire fin papillonnait sans cesse dans ses yeux et sur ses lèvres. Le spectacle du monde, son incohérence, nos bêtises, le réjouissaient. Il était sérieux mais ne prenait rien au sérieux, préférant trouver cocasses les absurdités tragiques des événements et des hommes. Sa femme, douce, patiente, bonne, avait eu de lui deux filles, Marie-Laure et Édith, qu'il nommait Lolo et Bibi. Ils eurent, pendant leur court séjour à Nyons, un fils, Xavier, que j'ai retrouvé il y a peu de temps. Il est devenu un grand universitaire et ressemble à son père.

Nyons était le premier poste de Boisselier comme principal. Il trouva tout de suite insupportable le train-train des heures de cours sur les rails de la discipline, et se mit à en fleurir les wagons, en organisant des sorties, des sauteries, des conférences, auxquelles étaient invités les élèves et leurs familles. Et surtout, des représentations théâtrales dont grands et petits étaient les acteurs. Il avait remarqué que je « récitais » avec feu Racine ou Musset, et me confia le rôle principal d'une pièce outrageusement romanesque : *Le Luthier de Crémone*, de François Coppée.

J'étais un jeune ouvrier luthier bossu et génial qui avait fabriqué un violon extraordinaire que son vilain patron prétendait fait de ses propres mains. Et j'étais, naturellement, amoureux de la fille de mon patron-voleur. Je n'eus pas besoin de me forcer pour simuler ce sentiment, car mon cœur de quatorze ans s'était enflammé pour celle qui jouait le rôle de ma bien-aimée. Elle avait quinze ou seize ans, mais je paraissais aussi âgé qu'elle, car j'avais beaucoup grandi. J'étais long et maigre, affublé d'une perruque, vêtu d'un costume Renaissance dans le dos duquel on avait bourré des chiffons pour simuler ma bosse. J'arpentais la scène à grands pas et, avec de vastes gestes, lançais les vers de Coppée vers les quatre coins de la salle du casino. Le sommet de la pièce était le moment où, sur « mon » violon, qui allait partir pour un concours où il remporterait sûrement le premier prix, pour la gloire de mon patron, je jouais, l'âme déchirée, la

242

serenata de Toselli. C'est-à-dire que je promenais sur les cordes d'un violon un archet enduit de savon, pour ne pas faire le moindre bruit, tandis que, dans la coulisse, un violoniste jouait vraiment. Puis je posais l'instrument dans son étui, en prononçant ces paroles sublimes :

> *... Il me semble, tant j'ai le cœur en deuil,*
> *Que c'est mon enfant mort que je pose au cercueil !*

Je sanglotais, je transpirais, ma perruque de travers me cachait un œil, ma bosse me pendait dans le bas du dos. Les spectateurs bouleversés m'applaudirent pendant cinq minutes.

Mon amour pour « elle » s'augmenta de celui du luthier. J'étais en plein élan émotionnel. En classe, Boisselier s'était amusé à reconstituer parmi ses élèves la querelle des classiques et des romantiques. Nous étions passionnés, nous nous serions presque battus. Roger Domps, le fils de l'inspecteur, était le capitaine des classiques et moi, naturellement, le porte-drapeau des romantiques. J'avais un cœur gros comme un melon. Elle et moi faisions de longues promenades, au crépuscule, sur la Digue, le long de l'Aygues, ou sur l'avenue de la Gare. Ses parents possédaient un petit jardin où ils cultivaient des légumes. Nous y allions parfois, pour fuir les regards des commères. Alors, à l'abri des haricots en fleurs, je me serrais contre elle et l'embrassais, avec fougue et timidité.

Quand je quittai Nyons, je lui écrivis, pendant près de deux ans, une ou deux fois par semaine. Mon ami Paul Doux, jeune ouvrier tailleur chez M. Nicod, lui faisait passer mes lettres. Elle était devenue ma Princesse lointaine. C'était pour elle que je travaillais, que je me battais. Quand j'aurais triomphé je viendrais la chercher et je l'emporterais. Elle me répondait, gentiment, sur un papier parfumé. Un jour elle m'écrivit qu'elle se mariait...

J'eus un grand désespoir, qui dura quelques jours. J'écrivis un poème vengeur contre les femmes. Je ne tardai pas à me réconcilier avec elles. Il y avait des filles au collège de Cusset. Et beaucoup autour.

A la fin de la deuxième année au collège de Nyons, Boisselier avait été nommé au collège de Cusset, près de Vichy. Avant de partir s'installer, il était venu demander à mon père de m'emmener avec lui. Mon père avait accepté sans hésiter. Le collège de Nyons s'arrêtait à la fin de la troisième. Il n'allait pas plus haut. Si on voulait grimper jusqu'au bachot, il fallait aller ailleurs. Pour moi c'était, logiquement, le lycée de Valence. Je frémis à l'idée de la vie de pension dans laquelle j'eusse été plongé sans l'intervention de Boisselier. A Cusset, au contraire, cet extraordinaire principal allait faire régner une permanente allégresse, dégeler la discipline, enchanter professeurs et élèves, et même réussir à transformer à son image le terrible surveillant général, Libelle, dit Rase-bitume. Et, pour les pensionnaires, la porte du collège était toujours grande ouverte...

A Valence, d'ailleurs, je ne fusse pas resté longtemps, car, commençant à rouler sa pierre sans mousse, mon père n'aurait pu payer ma pension. Boisselier ne lui demanda jamais rien. Que serais-je devenu si j'avais suivi le naïf auteur de mes jours dans ses pérégrinations, s'il n'avait pas eu la profonde sagesse de me confier à un autre père ? Je n'ai pas la moindre idée de ce qui aurait pu m'arriver à Lyon. J'étais tendre et bon à être dévoré comme une tranche de filet...

Je suis arrivé au collège de Cusset le 2 octobre 1925. J'étais parti de Nyons le 30 septembre par le train du matin. Pour la dernière fois je pris l'avenue de la Gare, mais cette fois-ci je ne m'arrêtai pas derrière la barrière pour voir arriver la locomotive. Elle était déjà là, tournée de l'autre côté, vers la vallée du Rhône, vers le monde. Je montai dans le wagon en bois, de troisième classe. Puisque j'allais dans le Nord, mon père m'avait acheté un pardessus et un tricot. On ne disait pas encore un pull-over. Le reste de mes affaires tenait dans une petite valise en fibre, consolidée par une ficelle. Et j'avais un casse-croûte dans un sac en papier. Je devais arriver le soir.

Il me fallait changer de train à Pierrelatte, à Lyon, et à Saint-Germain-des-Fossés. C'était mon premier voyage. Je n'ai jamais été très malin pour voyager. Je ne me suis pas amélioré, je perds mon ticket, mes bagages, je ne sais jamais très bien où je suis. Mon premier voyage ne pouvait être que désastreux. Je me suis trompé de train à Lyon. J'ai pris la direction de la Bourgogne au lieu de celle du Bourbonnais. Je m'en suis aperçu à Dijon. Je suis descendu. J'ai dormi sur un banc de la salle d'attente, et le lendemain, suis revenu à Lyon. J'ai passé une deuxième nuit sur un banc, et je pris enfin le bon train pour où il fallait. Un tramway faisait la navette entre Vichy et Cusset. J'ai trouvé le collège tout de suite. J'étais noir de charbon et affamé. Boisselier a éclaté de rire en écoutant mes aventures. Mme Boisselier m'a nourri.

Boisselier était de nouveau mon prof de français. A la première heure de classe, il m'a interpellé :

— Barjavel !...

Je me levai.

— Oui m'sieur...

— Vous souvenez-vous encore des stances de Rodrigue ?

— Oui m'sieur...

— Je vous écoute...

Je regardai, autour de moi, les visages de mes nouveaux camarades, tous ces inconnus qui se connaissaient et ne me connaissaient pas et s'apprêtaient, ensemble, à me juger. J'allais leur montrer ! Et tout fier de mon succès au « Casino » de Nyons je me lançai avec feu dans la tirade...

La classe hurla de rire : j'avais emporté avec moi mon bel accent provençal. Rodrigue de Marseille... Boisselier pinçait les lèvres, souriait des deux coins de sa bouche. Ses yeux pétillaient. D'abord décontenancé, je me mis à sourire, puis à rire aussi. Il me restait beaucoup à apprendre.

J'ai beaucoup appris. Je continue. Je n'en sais guère plus. Mais c'est à Boisselier que je dois d'avoir commencé et continué dans la joie cet apprentissage qui ne finit que lorsque vient la mort. Et ce n'est pas certain.

DU MÊME AUTEUR

Impression Bussière à Saint-Amand (Cher),
le 11 juillet 1988.
Dépôt légal : juillet 1988.
1ᵉʳ dépôt légal dans la collection : octobre 1982.
Numéro d'imprimeur : 5119.

ISBN 2-07-037406-8./Imprimé en France.
Précédemment publié par les éditions Denoël
ISBN 2-207-22618-2